GLUTEN
FREE
MILK

GLUTEN FREE
MILK

밀가루는
못 먹지만,

빵집을
하고 있습니다

밀가루는 못 먹지만, 빵집을 하고 있습니다

송성례 지음

추천사

써니브레드 써니 송 사장님의 라이프 레시피 이야기에 빵순이인 나도 반했다. 빵처럼 끊을 수 없는 이야기가 가득 담겨 있어서 건강한 레시피 만큼이나 건강한 이야기에 힘을 얻을 수 있다.
_배우 고준희

에세이를 처음 읽을 땐 사실 조금 부끄러웠다. 꽁꽁 싸맨 내 마음을 누군가 훤히 들여다보고 나서 써 내려간 것만 같았기 때문에. 하지만 감사했다. 내 속 마음을 따듯하게 안아줘서. **_모델 이시영**

무엇이든 잘할 수 있을 것 같았던 어린 시절의 꿈과 용기를 소환하는 사랑스러운 이야기였다. 써니브레드는 내게 마르셀 프루스트의 마들렌 같다. **_작가 강하라(@readhara)**

정직한 재료와 정성 들여 만든 음식의 깊은 맛, 재료 본연의 맛이 혀로 느껴질 때 세상에 감사함을 느끼고 그 음식을 만든 사람에게도 감사하다. 그중 한 곳이 '써니브레드'이다. 써니브레드 사장님이 쓴 에세이는 의미 있는 시간을 가져다줄 내용으로 가득하다. 특히 나처럼 착한 음식 먹는 걸 즐기거나 섭식장애를 가졌거나, 취업을 준비하는 예비 졸업생, 창업을 꿈꾸는 사람이 꼭 읽어봤으면 좋겠다. _인플루언서 리한(@leewoon19)

당신이 좋아하는 일이 나를 행복하게 해준다. 저탄수화물 식단에 관심을 갖던 중 써니브레드를 만난 건 너무나 큰 행복이었다.
_배우 김재경

빵이 인생이라면 시간이라는 오븐 앞에서 기다려야 하는 법. 이 책은 우리의 삶을 어떻게 밀도 있게 구워내야 하는지 알려준다. 베이킹 레시피는 삶의 레시피와 다르지 않다. _가수 손승연

삶을 맛있게 베이킹 하기 위해서는 행복한 맛, 신나는 맛, 슬픈 맛, 우울한 맛을 경험해봐야 정말 좋아하는 맛을 찾을 수 있다. 이 책은 그걸 깨닫게 해주는 내용이 담백하게 담겨 있어서 읽는 내내 감정이 이입될 것이다. 꿈을 망설이고 있는 분이라면 꼭 한 번 읽어봤으면 좋겠다. _인플루언서 윤채형(@ch.yoooon)

Prologue

'좋아하는 건 취미로 하고, 일로는 하지 마.'

아무리 좋아하는 일이라도 생계를 책임지는 일이 되어 버리면, 좋아하는 마음이 없어질 수 있기에 하는 조언이에요. 그런데 저는 그 조언을 무시하고 좋아하는 일을 업으로 삼아 살고 있어요. 《밀가루는 못 먹지만, 빵집을 하고 있습니다》는 좋아하는 취미를 일로 전환한 사람의 긴 후기라고 보면 될 것 같아요. '내가 좋아하는 일이 돈이 될까?' 혹은 '좋아하는 일로 성공할 수 있을까?' '좋아하는 일로 먹고 살면 행복할까?' 고민하시는 분들에게 도움이 되고자, 그렇게 살고 있는 사람의 인생을 들여다 볼 수 있도록 책에 담았어요.

창업에 도전한 지인들은 '회사에서 가장 힘들게 일하는 사람이 사장이라는 걸 처음 알았다.'고 말을 해요. '어릴 땐 학생이 가장 학교 가기 싫어하는 줄 알았는데 어른이 되서 보니 선생님들이 더 싫었겠다.'고 말하게 된 어른들처럼 누구든 실제 겪어봐야만 이해를 하게 되는 것이 있죠. 사람마다 꿈은 제 각기 다르지만 '내가 좋아하는 건 뭘까?' '내가 좋아하면서 잘하는 건 뭘까?'에 대해서는 항상 고민하는 것 같아요.

우리는 모두 로망을 갖고 살아요. 그렇기에 달콤한 꿈을 꾸고 행복한 상상을 합니다. 하지만 막상 좋아하는 일을 업으로 삼게 되면 매일 이를 악물고 '하루만 더 버티자. 오늘만 버티자.'를 되새기며 몇 달을 지내고, 그러다 조금 괜찮아지면 숨을 한 번 고르고 또 반복해 달리고 또 달리게 돼요. 어릴 땐 어니스트 헤밍웨이의 《노인과 바다》가 왜 명작인지 이해되지 않았는데, 어른이 된 후 다시 읽어보니 정말 공감이 되는 책이더라고요. 꿈을 이루기 전의 달콤함은 꿈을 이룬 후 바로 사라지고, 꿈을 힘들게 이뤄도 그 꿈을 지키는 일이 남아 있다는 것을 알려줬어요. 그리고 꿈을 지키는 게 꿈을 이루는 것보다 더 힘들다는 것을요. 하지만 신기하게도 불안해서 눈물이 나고 속이 뒤집히는 날에도 이 일을 좋아하는 마음이 있어요. 매달 해결해야 하는 문제들은 계속 나를 찾아오지만 어느 순간 그걸 즐기는 제 모습이 대견하죠.

이 책을 통해 많은 분들이 좋아하는 일을 하는 것에 대해 현실적으로 볼 수 있는 기회가 되길 바라요. 좋아하는 일도 일이라서 쉽지 않고 매일 거대한 롤러코스터를 타는 것 같지만, 좋아하는 일이기에 이를 악물고 버티게 됩니다. 말랑말랑한 줄 알았던 내가 거침없이 싸우며 달리는 모습을 볼 수 있게 된다는 것. 나도 몰랐던 나를 찾고, 내가 성장하는 모습을 볼 수 있다는 것. 그리고 아무리 힘들어도 그 안에서 행복을 찾을 만큼 단단한 사람이 된다는 것을요. 이 책이 많은 분들의 가려움을 긁어 드리고 또 용기를 드릴 수 있기를 간절히 바라봅니다. 항상 써니브레드와 저를 응원해주시는 많은 분들에게 감사함을 전합니다. 매번 느끼는 거지만 혼자서는 절대 못 했을 거예요. 작은 공방에서, 매장 그리고 회사가 될 때까지 함께해주신 모든 분들, 여러분의 응원 덕에 저는 롤러코스터를 탄 것처럼 속이 울렁여도, 힘들어서 내리고 싶다고 외치고 싶은 마음이 목까지 차올라도 참을 수 있었어요. 지금도 무섭지만 한편으론 짜릿한 희열을 느끼고 있어요.

밀가루는 못 먹지만, 빵집을 하고 있는 저처럼 모든 분들이 좋아하는 일로 하루하루를 채우길 바랄게요!

목차

Chapter 1

오늘 만들 레시피는 '써니브레드'입니다

Chapter 2

오븐을 적당한 온도로 예열해주세요

Chapter 3

레시피대로 정확하게 반죽해주세요

Chapter 4

오븐에 구워줍니다

CHAPTER1

오늘 만들 레시피는 '써니브레드'입니다

S U N N Y B R E A D

1

써니브레드 & 써니 이야기

나는 빵을 먹지 못한다. 정확하게 말하자면 내가 만든 빵 이외에 시중에 판매되는, 남들은 다 먹는 그 '밀가루 빵'을 먹지 못한다. 할머니부터 아버지 그리고 나에게 유전으로 내려온 글루텐 불내증 때문이다. 쉽게 말해서 밀가루, 통밀, 호밀 그리고 보리에 함유

된 글루텐Gluten이라는 단백질은 내 몸에 독이다. 몸 상태에 따라 매일 증상은 다르지만 밀가루로 만들어진 음식부터 건강하다고 여겨지는 통밀, 호밀도 글루텐이 들어 있는 곡물이기 때문에 먹으면 몸이 아프다. 몸 상태가 나쁠 때는 소맥밀가루을 소량 포함한 시중에 판매되는 고추장, 된장, 카레, 간장도 먹지 못한다. 컨디션이 좋으면 잠 못 이루는 정도의 두통으로 끝이 나지만 심하면 돌덩이가 대장을 긁는 고통을 느낀다. 아버지는 나이가 들면서 증상이 더 심해져서 밀가루를 조금만 먹어도 쓰러지시곤 한다. 그래서 아버지와 내가 먹을 수 있는 '안전하고 맛있는 빵을 만들어 보자.'는 생각으로 시작한 글루텐프리 베이킹이 지금은 '주식회사 써니브레드'라는 빵집이자 글루텐프리 식품 회사가 되었다.

써니브레드는 이태원역 근처의 대로변 옆 높은 계단 위에 있는 10평짜리 작은 빵집이다. 1층은 빵집, 2층은 제품 제조 공간, 3층은 출퇴근에 시간 낭비하는 걸 싫어하는 나의 집이다. 더불어 2019년 6월, 도둑이 4시간 동안 빵을 너무 맛있게 먹고 가는 바람에 유명해진 그 빵집이다.

나의 빵집은 글루텐프리 식품이 필요한 사람들에게 그 어떤 식당과도 바꿀 수 없는 따뜻하고 포근한 아지트가 되어준다. 매장 한켠에는 고객들의 편지와 매달 선물을 받아 바뀌는 꽃다발이 빈틈없이 붙여져 있어 매일 따뜻한 마음으로 빵을 만들 수밖에 없는 그런 곳이다. 빵이 너무 먹고 싶어서, 남들처럼 자유롭게 먹어보는 게 소원이었기에 순전히 나 자신을 위한 글루텐프리 베이킹을 시작했지만, 지금은 대한민국 식소수자와 한국에 여행오거나 거주 중인 외국인 식 소수자들을 위해 빵을 만들고 있나. 아토피로 힘들어하는 자녀가 있는 부모님부터, 당뇨가 있는 부모님을 위해 케이크를 찾는 자녀분들 그리고 건강이라는 가치에 투자하고 싶어 하는 분들까지. 많은 분들이 써니브레드를 필요로 하기에 망하기 힘든 사업을 하고 있다.

처음에는 돈을 못 벌더라도 내가 만든 빵을 필요로 하는 사람들을 위해 '빵을 만들며 좋아하는 일을 즐기며 살아보자.'는 생각으로 경기도 구리시에 8평짜리 공방을 임대해서 빵집을 시작했다. 참 신기하게도 좋아하는 일을 하면 돈을 못 번다는 말이 쏙 들어가게 돈이 잘 벌렸다.

덕분에 6개월 만에 구리의 8평짜리 공방에서 나와 서울 한남동의 3층 건물을 통 임대하여 5배가 넘는 월세를 내며 지금까지 장사를 하고 있다. (그리고 올해 12월에는 서울숲 근처로 확장 이전한다.) 글루텐프리 빵집을 처음 시작한다고 했을 때 걱정하는 분들도 많았고, 좋아하는 일로 돈을 번다는 게 쉽지 않다는 말도 많이 들었다. 하지만 지금은 빵집 매출뿐만 아니라 빵집 덕분에 창업 강의, 베이킹 클래스, 촬영 요청부터 책 출간 문의가 끊이지 않고 있다. 빵을 만드는 것으로 시작했지만 지금은 내 경험을 공유하는 일도 좋아하는 일 목록에 추가되었다. 좋아하는 일을 할 수만 있다면 돈을 많이 못 벌더라도 괜찮다고 생각하고 시작했는데, 좋아하는 일을 할 때 나오는 열정, 추진력과 성실함 덕분에 생각보다 빠른 시간 안에 성장을 했다. 이제는 돈을 쫓지 않아도 돈이 따라올 수 있는 시스템이 만들어졌다는 생각을 한다.

작은 8평짜리 베이킹 공방에서 사회적 기업 주식회사 써니브레드의 대표가 되어 먹고살 만큼의 매출을 버는 사람이 되기까지. 그냥 처음 시작했던 그 마음 그대로 '좋아

SUNNY
SUNNY BREAD
GLUTEN FREE
VEGAN
LOW CARB

하는 일을 하면서 살면 소원이 없겠다.'는 생각으로 지금까지 왔다. 그리고 지금도 항상 스스로에게 말한다. '지금 이 사업이 망하더라도 상관없어. 난 계속 내가 좋아하는 일을 하면 되니까. 나는 완벽하지 않아. 모든 일은 실패할 수 있어. 무엇을 다시 시작하든 다시 일어날 수 있고 행복할 수 있어.'라고 말이다. 이렇게 매일 나에게 말해주면 두려움이 없어지고 열정이 다시 타오른다. 4년이란 짧다면 짧고, 길다면 긴 시간 동안 가끔은 무기력증도 왔지만, 계속 두근거리는 마음으로 일했다. 많은 사람들이 말하는 '좋아하는 일을 잘하는 사람' '좋아하는 일을 하며 사는 사람' 그게 '써니브레드'의 '써니'가 아닐까?

2

베이킹 믹스,
좋아하는 일이
생기는 과정

요리와 베이킹에 대한 관심은 초등학교 때 생겼다. 특별한 계기가 있던 건 아니었지만 시각적으로 예민한 아이였기 때문인 것 같다. 책을 읽어도 머릿속으로 풍부하게 상상할 수 있는 책을 선호했다. 그것이 자서전이 되었건 하이틴 로맨스 소설이 되었건 책을 펴자마자 나의 상상력을 무한하게 채워주는 것이 늘 좋았다. 책 속의 시간과 공간의 바람, 분위기, 향, 주변에서 들리는 잡음까지 상상을 해야만 계속 책을 읽어 나갈 수 있었다. 상상하는 것을 좋아하는 아이였기에 요리 책이나 베이킹 책을 읽는 것도, 요리 채널을 시청하는 것도 좋아했다. 매주 토요일, 도서관에서 읽은 베이킹 책과 요리 책은 샐 수 없을 정도였다. 눈 나빠진다는 엄마의 잔소리에도 아랑곳 않고 5시간 넘도록 요리 채널을 보기도 했다. 베이킹 채널은 나에게 신세계였다. 사람보다 더 중요한 역할을 하는 음식과 다양한 재료들에 매료되었다. 베이킹을 하는 파티시에가 프로그램의 '주인공'이었지만, 사실 생각해보면 파티시에보다 여러 가지 '재료들'이 더 매력적이었고 프로그램의 진짜 주인공이었다. 나에겐 베이킹 쇼를 만드는 사람보다 그날 만들어지는 디저트와 반죽이 섞이고 만들어지는 과정이 더 마음에 와닿았다. 무언가를 만드는 과정이 이렇게 재미있을 수 있다는 것을 처음 깨달았다.

그 당시 유명한 텔레비전 프로그램은 사람들을 끌어들

이기 위해 위험한 도전을 하거나 자극적인 행동과 말을 서슴없이 사용하곤 했다. 그런데 음식 프로그램은 그냥 어제와 별 다른 것 없이 음식을 만들었고, 그것만으로 충분했다. 재료를 도마 위에 올려 칼로 자를 때 나는 소리부터, 냄비를 가스 위에 올린 후 스위치를 돌려 틱틱틱 불이 점화되는 소리, 보글보글 물 끓는 소리, 팬을 달군 후 식용유를 두르고 재료를 팬에 넣을 때 나는 경쾌한 소리, 봉골레 파스타를 만들 때 요리사가 들고 있는 스테인리스 집게와 조개들이 서로 부딪치는 소리까지. 시각과 청각이 완벽하게 만족이 되는 건 요리뿐이라고 생각했다. 그렇게 요리 프로그램을 보다가 베이킹 프로그램으로 넘어가면 나는 더 깊이 빠져들었다. 귀여운 유리 볼을 보글보글 끓는 물이 담긴 냄비 위에 올린 후 단단한 초콜릿을 유리 볼에 쏟아 실리콘 스패출러로 천천히 젓다 보면, 눈치채지 못할 사이에 동글동글한 초콜릿이 걸쭉한 물결이 되어 액체로 변했다. 파티시에가 여러 가지 가루와 액체 재료를 넣어 만든 반죽을 버터가 듬뿍 발린 오븐 팬에 넣고 아이싱 스패출러로 몇 번 '쓱' 하고 돌림판을 돌려 마무리하면 반죽이 완벽하게 평평해졌다. 예열한 오븐에 케이크 반죽을 넣고 차츰차츰 케이크가 부풀어 오르는 것을 구경하다가 타이머가 울리면 귀여운 오븐 장갑을 끼고 조심스럽게 케이크를 꺼낸다. 카메라는 케이크에 가까이 줌인을 한다. 그 위에 아까 녹여둔 초콜릿과 생크림을 섞어 만든 프로스팅을 꺼내, 식힌 케이크 위에 꼼꼼히 발라준다. 파티시에가 너무 쉬워 보일 만큼 과감하면서도 깔끔하게 아이싱을 바르는 모습을 보며 한 번 더 설렘을 느낀다. '나도 해보고 싶다. 나도 만들어보고 싶다.'라는 생각을 나도 모르게 하고 있다. '먹고 싶다.'가 아닌 나도 저렇게 만드는 과정을 '경험해보고 싶다.'는 생각을 말이다. 아마 나뿐만 아니라 베이킹 채널 애청자라면 모두 그런 생각을 하지 않을까. 처음엔 먹고 싶어서 방송을 보기 시작했다가 영상에 빠져들다 보면, 만들어진 완성 제품보다는 만드는 과정이 더 보고 싶어지고, 케이크는 먹는 것보다 만드는 걸 보는 게 더 힐링이 된다는 것을 깨닫게 된다.

3

좋아하는 일이 더 좋아진 계기

2년 동안의 이론(?)수업을 마친 후 실습을 해보자는 생각을 했다. 처음에는 집에 없는 재료가 많아서 사실 너무 부담스러웠다. 한 번 만들자고 이런저런 가루를 살 수가 없던 형편이었기 때문이다. 밀가루, 백설탕, 달걀, 우유는 있었지만 베이킹 파우더, 베이킹 소다와 버터, 생크림이 없었다. 고민을 하다가 부모님 몰래 모아 뒀던 용돈 3불 40센트를 주머니 깊숙이 넣고 손으로 주머니 안의 돈을 움켜쥔 채 집을 나섰다. 매번 라디오에서 나오는 집 앞 슈퍼마켓 CM송을 속으로 흥얼거리며 주머니에 넣은 손으로는 동전을 새며, 무엇을 살 수 있을까 기대하면서.

먼저, 버터와 생크림이 있는 매대로 갔다. 내가 가진 돈으로는 버터와 생크림을 사는 건 터무니없이 부족했다. 딱 필요한 만큼만 잘라서 살 수 있다면 좋을 텐데…. 사실 베이킹을 하는데 생크림이 얼마나 필요한지도 몰랐다. 나는 천천히 모든 매대를 꼼꼼히 살폈다. 할인 상품이 있지는 않을까 기대를 품었다. 아무리 머리를 굴려 계산을 해봐도 내가 가진 돈으로는 우유 말고는 아무 것도 살 수 없었다. 손에 쥔 돈이 혹시나 불어날까 싶어 손으로 하나씩 더듬으며 또 세어보았다. 주머니에 손을 넣은 채 베이킹 매대에 도착했다. 베이킹 프로그램에서 봤던 스프링클, 베이킹 팬, 스패출러, 유산지와 같은 도구들이 있었다. 내가 살면서 본 그 어떤 신발, 옷, 가방과는 비교가 안 되게 아름다웠다. 사람들이 신발을 보며 라인이 아름답다고 하는 것처럼 나에게는 베이킹 도구의 라인이 아름답게 느껴졌다.

얇고 길쭉한 튜브에 들어 있는 데코 아이싱 건너에 있는 시나몬 파우더, 바닐라 익스트랙, 귀엽고 다양한 쿠키커터를 지나고 나니 공간을 꽉 채운 베이킹 믹스 매대에 도착했다. 쿠키 믹스부터 콘브레드, 치즈케이크 믹스, 그리고 클래식 바닐라 케이크 믹스가 나의 눈을 사로잡았다. 화려한 색깔의 케이크와 로고가 그려진 네모난 상자 포장이 너무나도 사랑스러웠다. 천천히 제품 뒷면에 인쇄된 만드는 방법을 정독했다. 집에 있는 식용유, 우유, 달걀만 있으면 되었다. 속으로 환호성을 지르며 가격을 보았다. 할인해서 2달러 90센트. 내가 가진 전 재산이 드디어 처음으로 사고 싶은 걸 사는 데 넉넉해진 순간이었다. 그렇게 그 아이를 품에 안고 혹시 몰라 다른 믹스들을 한 번 더 살펴본 후 베이킹 믹스를 구매해 집으로 돌아왔다. 베이킹은 바로 하지 않았다. 왜냐하면 이 귀한 재료로 베이킹을 하는 데에는 방과 후 시간이 너무도 부족했기 때문

BUTTER
GLUTEN FREE
MILK

이다. 그래서 주말에 일어나자마자 꼭 만들어 보리라 다짐했다.

주말을 기다리던 평일 동안 학교에서 얼마나 신이 났는지 혼자 먹는 점심도 외롭지 않았다. 케이크를 어떻게 자를 건지, 생크림이 없으니 어떤 재료로 케이크를 꾸밀 수 있을지 공책에 그림을 그리고 글을 쓰며 쉬는 시간을 보냈다. 그렇게 다가온 주말. 매일 시청하는 베이킹 쇼처럼 필요한 재료를 나열해놓고, 속으로 쇼 호스트처럼 설명을 하며 베이킹을 시작했다. 오빠는 방에서 기타를 치고 있었다. 오빠의 기타 소리가 배경 음악처럼 들렸다. 부모님은 일을 하러 나갔기에 눈치 볼 것 없이 주방을 나만의 스튜디오로 만들 수 있었다. '자, 먼저 가루 재료를 체에 걸러 깨끗한 볼에 담아 준비해주세요.' 말하며 고운 모래색의 베이킹 믹스 재료를 봉지에서 꺼낸 후 엄마가 과일을 씻을 때 사용하는 체망에 걸러줬다. 한참 체망을 두드리는데 깜빡 잊고 있던 게 떠올랐다. 오븐 예열! 가루를 체에 거른 장면은 편집한 것처럼 태연하게 다시 시작했다. '오븐은 450도로 예열해주세요. 오븐 예열이 베이킹의 첫 스텝입니다. 까먹지 마세요.' 말하며 오븐을 켰다. 다시 재료들이 있는 곳으로 돌아와 아빠가 생식을 타 먹을 때 사용하던 밀리그램 눈금자가 적힌 플라스틱 컵에 우유와 식용유를 따라 계량을 했다. 달걀도 껍질이 들어가지 않게 조심조심 깨서 볼에 넣었다. 휘핑기로 액체 재료를 섞어 준 뒤 가루 재료를 액체 재료에 나눠 넣으며 섞어줬고, 향긋한 바닐라 향이 퍼지는 곱디고운 노란색 케이크 반죽을 완성했다. 버터가 없어서 식용유를 바른 케이크 팬 겸 유리그릇에 반죽을 넣어 바로 오븐 안으로 직행했다. 그리고 오븐 앞에 앉아 단 한 번도 눈을 떼지 않고서 반죽을 지켜봤다. 내가 만든 첫 케이크가 혹여나 망하는 건 아닐까, 조마조마한 마음이 들 정도로 케이크가 바로 부풀어 오르지 않았다. 하지만 곧이어 숨을 쉴 때 올라갔다 내려갔다 하는 아이의 배처럼 반죽이 숨을 쉬었다. 까먹고 넣지 않은 재료가 있나 케이크 믹스 설명을 한 번 더 읽어보고, 우유나 식용유가 사용하면 안 되는 제품인가 확인도 했다. 내가 한 과정들을 머리로 다시 재생을 해본 후 다 잘 따라했다고 생각이 들었을 때 다시 오븐을 봤다. 딱

5분 정도가 더 지나자 케이크가 노랗고 예쁘게 부풀어 오르기 시작했다. 이제 시간과의 싸움이었다. 텔레비전 속 유명 파티시에가 항상 사용하는 달걀 모양 타이머나 핸드폰 타이머가 없었던 시절이라 반죽을 오븐에 넣은 시간과 케이크를 꺼내야 하는 시간을 계산해 종이에 적었다. 초까지 맞춰 꺼내는 것이 내 계획이었다.

초바늘이 30초 전 방향을 가리키고 있을 때 화장실에서 쨍한 보라색 수건을 가지고 나와 오븐 장갑처럼 내 손을 감싸서 케이크를 꺼냈다. 처음 사용한, 낡았지만 뜨거운 오븐 안에서 케이크를 꺼내 냄비 받침에 올렸고, 뒷짐을 지고 유심히 바라보았다. '만약 케이크가 덜 익었으면 어떡하지? 오븐이 낡았으니 그럴 수도 있는 거잖아. 만약 안이 잘 안 익은 거면? 고기는 잘 익었는지 안 익었는지 잘라보면 확인 할 수 있지만 케이크는 잘라버리면 아이싱을 할 수가 없는데….' (설명에 나온 것처럼 이쑤시개에 반죽이 묻어나오는지 확인을 해야 했는데, 이쑤시개가 없어서 쇠 젓가락으로 했기에 더욱 걱정이 되었다.) 손으로 콕콕 눌러보고 컴퓨터 앞에 앉아 이것저것 검색도 해보았다. 잘 부풀어

오르고 중간 부분이 꺼지지 않으면 잘 익은 거라는 답변을 보고는 그제야 조금 안심했다. 그리고 케이크가 식었을 때 어떻게 꾸미면 좋을지 생각했다. 일단 집에는 아이싱을 대신 할 수 있는 재료가 딸기잼 밖에 없었다. 케이크 아이싱을 딸기잼으로 한다는 생각이 내키지 않았다. 딸기잼으로는 프로스팅 만큼 많이 바르기도 어려웠기에 과감하게 아이싱을 포기하고 이번엔 그냥 케이크만 먹기로 했다. 케이크를 고이 랩으로 싸서 모셔놓고 부모님 그리고 우리 집에 하숙하는 언니가 올 때까지 기다렸다. 그날 저녁에 모두가 돌아왔을 때 내가 처음으로 만든 케이크를 먹자고 말했다. 마침 생일이었던 사라 언니는 케이크를 조금 잘라주면 남자 친구와 차 안에서 먹겠다고 했다. 언니가 케이크를 먹는 모습을 못 봐서 아쉬웠지만 케이크를 냅킨으로 감싼 후 언니에게 줬다. 몇 분 뒤 눈을 동그랗게 뜬 언니가 달려오며 말했다. '써니야, 뭐야 이거? 너무 맛있다! 하나만 더 줘! 그리고 생일 케이크 너무 고마워.'라고 말이다. 나는 너무 기뻐서 언니에게 케이크 한 조각을 더 잘라 줬다. 이 케이크는 내 레시피도 아니고 그냥 마트에서 산 케이크 믹스로 만들었지만 아무리 믹스 케이크라도 만들면서 들인 나의 정성이 너무도 컸다. 누군가가 내가 만든 케이크를 먹고 기뻐했다는 것 자체가 나에겐 평생 잊지 못할 감정을 느끼게 해주었다. 그렇게 나는 베이킹을 더 사랑하게 되었다.

4

좋아하는 일을 잘 못할 때

어릴 적 아빠에게 가장 많이 들은 말은 '나무를 보지 말고 숲을 봐야해.'였다. 초등학교 3학년인데도 구구단을 외우지 못해 쩔쩔매는 나를 보며 말씀하셨다. (한 번도 답답해하는 기색 없이 말이다.) 아빠는 '우리 딸은 한국 교육이 어렵겠구나. 이해를 돕기보다는 암기를 중요하게 생각하는 학교에서는 아이가 자신감을 잃을 수도 있겠구나.' 생각을 하셨다고 한다. 나는 단순한 수학에 많은 의미 부여와 상황들을 넣었다. 그래서인지 단 한 번도 수학이 제대로 이해된 적이 없었다. 수학 시간에 마음을 잡고 선생님의 말을 놓치지 않으려고 칠판을 뚫어져라 보다가도 어느새 초점이 흐려졌고, 생각이 꼬리의 꼬리를 물어 종이 울릴 때까지 노트는 백지였다. 그런데 신기하게도 아빠는 엉망진창인 수학 성적표를 보여주면 웃기만 하셨다. '사람이 살면서 A도 받고 C도 받고 A, B, C, D, F 다 받아봐야지.'라며 긴장 가득한 나의 마음을 가볍게 어루만져 주셨다.

엄마는 '그래도 공부는 해야 하는데…' 걱정하셨지만 해맑게 웃는 나를 보고 웃으며 '그래 잘했다. 우리 딸.'이라고 말씀해주셨다. 중 · 고등학교 때도 마찬가지였다. 덕분에 나는 살면서 단 한 번도 성적에 대한 스트레스가 없었다. 학교생활을 즐겼고 특히 좋아하는 과목의 수업을 듣는 걸 좋아했다. 영어, 생물학, 토론을 가장 좋아했고 수영부, 합창단, 재즈 댄스부에도 들어갔다. 그런데 고2가

되면서부터 졸업하는 3학년 친구들을 보면 왠지 모르게 바보가 된 기분이 들었다. 내 친구들은 모두 공부를 잘했다. 친구들은 부모님으로부터 성적에 대한 부담감과 압박감을 많이 받았고, 그 이유로 어릴 때부터 열심히 공부하는 게 습관이 되었다. 친구들 눈에 나는 그냥 해맑고 스트레스 없는 부러운 친구로 보였던 것 같다.

고3이 되면서 초조해지기 시작했다. 주립 대학에 들어가기에는 학교 성적도 SAT 시험 성적도 엉망이었고, 그렇다고 특별하게 잘하는 것도 없었다. 그냥 재미로 학교를 다닌 게 티가 났다. 다른 친구들이 학교 이름만 들으면 놀랄 대학교에 원서를 넣을 때, 나는 집 근처에 있는 커뮤니티 칼리지에 들어갔다. 그래도 대학은 가야지 하는 생각에 심리학과에 원서를 넣었다. 너무 후회가 되었다. 난 항상 내가 대단한 사람, 멋진 사람이 될 거라 생각했는데 다른 아이들보다 더 많은 걸 경험하고, 겁 없이 도전했는데…. 성적이 발목을 잡는 게 너무 슬펐다. 누군가 부모님에게 '그래서 그 집 딸은 어느 대학에 붙었어요?' '대학교는 어디가요?'라고 물어볼 때마다 죄책감이 들었다. 부모님이 '우리 딸 하버드 가요.'라고 말하면 얼마나 뿌듯할까 상상도 했다. 우리 집은 부자도 아니었고, 아빠가 가족을 데리고 힘들게 미국이라는 나라에 왔는데. 나는 이 기회의 땅에서 열심히 공부하지 않았구나. 좋은 대학에 가서 좋은 직장에 들어가야 하는데…. 생각하며 후회했다. 그런데 성인이 된 후 아빠와 이야기를 나눠보니 아빠에게는 다른 빅 픽처가 있었다. 어릴 때부터 나의 재능이 공부에 있지 않다는 걸 알아보고, 공부 대신 좋아하고 잘하는 무인가를 찾고 재능을 키워나가는 게 더 효율적이라고 생각하셨다. 어떤 사람은 없는 형편에 공부도 열심히 하지 않는 나를 철없는 아이로 보기도 했고, 부모님에게 뭐라도 더 시켜야 하지 않느냐며 걱정을 하기도 했다.

나는 줄곧 '재는 커서 뭐가될까?'라는 눈빛을 많이 받으며 살았다. '저 아이는 가능성이 너무 많아 무엇을 해도 하겠구나.'가 아니라, '도대체 저런 애는 커서 뭘 할 수 있을까?' 하는 눈빛이었다. 좋아하는 일, 하고 싶은 일은 많았지만 어른들 눈에는 알맹이 없고 좋아하는 것만 많고 잘하는 것 하나 없는 아이로 비춰졌다. 합창단에서 노래를 잘한다고 가수가 될 정도는 아니었고, 재즈 댄스도 엄청나게 어려운 동작을 하는 것도 아니었고, 영재 학교의 오디션에 붙어 들어가 배운 플루트도 천재들 사이에서는 맨 꼴찌였다. 사실 나도 내가 크면 도대체 어떤 사람이 될까 감이 잡히질 않았다. 좋아하는 건 수두룩했지만 막상 천재적인 재능도, 눈에 띄게 좋아하는 것도 보이질 않았다. 그게 어느 순간부터 나를 불안하게 했다. 어릴 때처럼 조금만 잘해도 칭찬을 받을 수 있는 나이도 아니었다. 시간이 갈수록 계속 나와 같은 걸 좋아하고 잘하는 아이들과 경쟁을 하고 있었다. 그렇게 하나씩 스스로의 긴장감과 불안감에 못 이겨 포기를 했다. 부모님은 내가 포기해도 이해해주셨다. 하지만 딱 하나, 어렵게 들어간 대학교 영재 음악가 장학 프로그램에서 5년을 다니고 그만둔다고 했을 땐 한 번 더 생각해보라고 설득했다. 하지만 플루트를 연주할 때마다 마음속에 마지막 얼마 남지 않은 자신감이 사라지는 게 느껴졌다. 좋아하는 일을 잘하고 싶었다. 가수를 할 만큼 노래도 잘 부르고, 졸업한 선배들처럼 줄리아드와 하버드에 장학생으로 뽑혀 갈 만큼 악기에 소질도 있고, 연주하는 걸 사랑하고 싶었다. 공부를 못하면 지금 하는 것 중 하나라도 좋아하고 잘해야 하는데, 그게 마음대로 되지 않아 매일 마음이 부글부글 끓었다. 좋아하는 게 이렇게 많은데, 왜 잘하는 건 하나도 없을까. 스스로를 매일 원망했다. 평생 이렇게 살다가 어른이 되고 재미없는 인생을 살다 죽는 건 아닐까 생각이 들어 우울함을 느끼기 시작했다.

5

좋아하는 일을 잘할 때

사람들은 좋아하는 일을 잘하는 사람을 부러워한다. 그런 사람들은 운이 좋은 사람이며, 축복받은 사람이라고 말한다. 20대가 가장 부러워하는 사람은 좋아하는 일을 찾은 사람, 30대는 좋아하는 일을 잘하는 사람, 40대는 좋아하는 일로 돈을 벌고 성공한 사람이라고 한다. 나는 좋아하는 일이 너무나도 많았지만, 좋아하는 일을 잘하기까지 여러 산을 넘어야 했고 포기도 많이 했다.

가장 처음 한 일은 베이비시팅이었다. 우리 집에서 2분 거리에 살고 있는 한국인 이모와 백인 삼촌의 남자아이를 보는 일이었다. 아이는 그림처럼 아름다웠고 어릴 때부터 나를 봐와서 그런지 무척이나 잘 따랐다. 나는 내가 아이를 잘 돌본다고 생각했다. 아이도 나를 좋아하고 내가 이 일에 소질이 있는 건 아닌가 생각했다. 이렇게 귀여운 아이를 보면서 돈을 번다면 얼마나 행복할까 상상했다. 중학생이 되면서 베이비시팅 고객들을 늘려나가기 시작했다. 데니, 에디, 니콜…. 아이들 각자의 개성은 달랐지만 다들 나를 잘 따랐다. 공원에서 산책도 하고 간단한 요리도 같이 하고, 노래도 부르고, 술래잡기도 하면서 뿌듯함과 동시에 행복을 느꼈다. 베이비시팅에서 조금 더 발전시켜 유아 교육을 배워볼까 진지하게 고민도 했다. 그리고 미국에 있는 튜터링 학원에서 학생 튜터로 일자리를 구했다. 그런데 아이들과 놀아주는 것과 아이들을 교육하는 건 정말 천지차이였다. 아이들이 이해할 수 있도록 수학, 과학, 역사, 영어 등을 설명할 수 있어야 했고, 어떻게든 놀고 싶어 하는 아이들을 집중하게 하는 것 또한 많은 인내심과 스킬이 필요했다.

고등학교를 졸업하고 대학교에 입학하기 전까지 등록금을 마련하기 위해 한국에 있는 영어 학원의 원어민 강사로 취직했다. 오전 10시부터 오후 8시까지 초중고 학생들과 수업도 하고 개인 과외까지 열심히 했다. 처음엔 매일 다르게 아이들을 가르치고 싶은 마음에 이것저것 준비도 하고 나만의 교육 철학을 만들기도 했다. '주입식 교육보다는 자연스럽게 영어를 즐기며 배울 수 있도록 하자. 학부모님께 보여주기 식으로 무조건 암기만 시키는 건 진정한 교육자가 아니다.'라고 생각하며 말이다. 아이들과 영어로만 대화하면서 팬케이크를 만드는 수업도 하고, 영어 놀이도 직접 개발했다. 수업이 끝났는데도 아이들이 놀이를 더 하자고 할 정도였다. 하루는 학부모님에게 전화가 왔다. '아이가 영어 학원을 다닌 지 3개월이 다 되가는데, 어떻게 How are you?에 답을 못해요?'라며 화를 냈다. 당시 아이들의 나이는 7살이었지만 영어를 배운지는 3개월째인데…. 어떻게 3개월 만에 영어로 제대로 된 답을 할 수 있을까? 미국에 이민을 간 나도 6개월 정도가 지난 후에 말문이 터졌는데, 하루에 딱 1시간만 영어를 배우는 아이들이 3개월 만에 'How are you?'에 답을 하게 만드는 건 마술이 아닌가 생각했다. 열심히 설명을 드렸지만 학부모님은 이해하지 못했다.

학원에서 해고를 당할 순 없었기에 나의 교육 철학을 버리고 조금씩 주입식 교육을 시작했다. 학원에서 일한 지 반년 만에 내가 담당한 학원생은 세 배가 늘었고, 돈도 많이 모을 수 있었다. 자취방 보증금, 대학교 등록금에 생활 여유 자금까지 모든 게 해결됐다. 그런데 참 이상하게도 행복하지 않았다. 아이들을 가르치는 게 더 이상 힐링이 되는 것도, 열정이 있는 것도 아니었다. 학부모님들의 눈치를 보는 스트레스만 커져갔다. 앵무새처럼 'How are you?'라는 질문에 'I am fine, thank you. And you?'라는 답을 반복적으로 말하게 하고 외우게 하는 일을 일삼았다. 나는 그렇게 1년이란 긴 시간을 채우고 학원을 떠났다. 아이들을 떠나는 게 마음 아팠지만 학부모님들을 안 볼 생각에 후련했다. 이후에 학과 선택을 앞두고 교육학과를 지원하려다가 마음을 바꿔 영어영문학과를 신청했다. 그렇게 좋아하는 일을 포기했다.

아이들을 가르치는 와중에 사업에도 관심을 가졌다. 고등학교 고학년 때 한국에서 온라인 쇼핑몰이 크게 성장을 하고 있었는데, 그걸 미국에 가져오려고 했다. 도메인을 만들고, 제품을 중국에서 떼어 왔다. 포토샵을 독학하고, 명함도 만들고, 직접 옷을 입고 친구나 아빠에게 부탁해 피팅 모델을 하며 사진도 찍었다. 웹사이트를 만들고 홍보를 한다며 이런 저런 아이디어를 내기도 했다. 아침 조회 시간에 원더걸스의 'Nobody'가 나올 정도로 학교에서 케이팝이 큰 인기를 끌고 있었기에 충분히 가능성이 있는 사업이라고 생각했다. 물론 독학으로 배운 포토샵도, 사진도 실력이 부족했고 옷의 종류가 몇 가지 없었을 뿐더러 중국에서 오는 옷은 불량으로 버려지는 게 더 많았다. 어떤 분은 옷에 적힌 레터링에 오타가 있다며 환불을 요구하기도 했다. 유명한 유튜버들에게 협찬을 하려고 해도 그들은 내가 만든 허접한 사이트를 보고는 공짜로 줘도 안 입겠다며 거절했다. 그래도 포기하지 않고 팔리지 않는 재고들을 벼룩시장이나 거리에 가지고 나가 판매하기 시작했다. 그런데 생각보다 반응이 좋았다. 기세를 몰아 미국에서 찾기 힘든 액세서리나 헤드폰을 대량으로 구매해 노점상에서 판매했다. 크진 않지만 사업을 흑자로 돌렸을 때가 고등학교 2학년이었다. 아쉽게도 고등학교 3학년이 되면서 집안 사정이 더 안 좋아졌고, 오빠는 가정에 보탬이 되기 위해 미군을 지원해 떠났다. 나도 재고를 다 처리한 후 사업을 접고 부모님을 따라 캘리포니아에서 시카고로 이사를 했다. 사업으로 대박을 터트릴 수 있을 거라고 꿈을 크게 꿨었는데 적자만 면하고 사업에서 손을 떼기로 했다.

이후 나는 좋아하는 일을 생각하지 않기로 했다. 좋아하는 일을 한다며 나서는 게 사치라고 생각했다. 집은 고등학교 1학년 때 은행에 넘어갔고, 따뜻한 물이 안 나오고 화장실이 없는 지하 방에서 네 식구가 살았다. 좋아하는 일을 한다고 떠드는 것보다 현실을 직시하고 일단 돈이 되는 일을 하는 게 맞다고 생각했다. 그렇게 고등학교 3학년 때부터 집 근처에서 도매업을 하는 회사에 취직해 돈을 벌었다. 돈이 급해 나이를 여섯 살 더 많게 말했는데 중간에 들통이 났다. 사장님은 자기 딸 또래인데 치열하게 사는 나를 보며 어렸을 때 자신이 생각난다고 잘해주셨다. 사장님도 어렸을 때 가난했고 여자라는 이유로 무시도 많이 받았다고 했다. 장녀로 태어나 가족을 위해 돈을 버느라 좋아하는 일을 하지 못했지만 지금은 만족한다고 말해주셨다. 덕분에 따뜻한 사장님과 많은 이야기를 나누며 학업을 병행하면서 돈을 벌 수 있었다. 부모님이 장을 볼 때 그리고 내가 필요한 것이 있을 때 손을 벌리지 않고 해결했다. 내가 하는 일에 대한 가치보다 돈이 주는 가치가 얼마나 큰지 느꼈다.

그 후로 어떻게 하면 연봉이 높은 직업을 가질 수 있을까 고민했다. 그러던 중 외삼촌이 주신 졸업 선물로 엄마와 한국에 한 달 동안 놀러가 있기로 했다. 내 나이 또래 아이들처럼 한국에 있는 외갓집에서 지내며 돈과 시간과 현실에 대한 걱정 없이 밥도 먹고 가족들도 만나며 신나게 놀았다. 어느 날 외할머니가 다니는 교회에 놀러가 아무도 없을 때 피아노를 치며 노래를 부르다가 갑자기 펑펑 눈물을 흘렸다. 하고 싶은 일이 너무 많고, 좋아하는 일이 너무 많은 내가 부끄럽게 느껴졌다. 사실 치열하게 돈을 벌고 싶지도 않았다. 현실을 받아들이기가 너무 버거웠다. '만약 내가 내일 죽는다면, 내가 가난하지 않았더라면, 이 세상에 딱 나 혼자라면 난 무엇을 할까?' 곱씹으며 생각했다. 미국으로 돌아와 부모님 앞에서 울면서 좋아하는 일을 하고 싶다고 말했다. 그 당시 부모님, 그리고 나 사이의 감정선은 너무나도 복잡하고 미묘했지만 따뜻했다. 당장 내일, 다음 주를 걱정해야 하는 우리에게 꿈은 큰 사치였지만, 부모님은 나를 따뜻하게 다독여주셨다. 그렇게 미국에서 힘겹게 받은 영주권을 반납한 뒤 한국에 귀국했다. 내 인생에서 가장 떨리고 현실적이지 못한 행동이었지만, 지금 생각해보면 가장 잘한 결정이었다.

좋아하는 일을 찾는 건 비현실적일 때가 많다. 남의 눈치를 많이 보게 되는 일 중 하나이다. 하지만 아무리 현실이 막막하고 주변에서 말려도 해내야 한다. 왜냐하면 좋아하는 일을 시작하는 것이 가장 쉬운 일이기 때문이다. 좋아하는 일을 시작한 후 잘하려면 더 많은 힘든 여정을 겪어야 한다. 좋아하는 일을 아직 찾지 못했다면 좋아하는 일이 없다고 말하기 전에 너무 쉽게 포기한 건 아닌지 생각해보면 좋다.

우리는 너무 많은 이유로 좋아하는 일을 하는 것이 현실적으로 불가능하다며 포기한다. 아마도 좋아하는 일이 정말 없는 게 아니라 무언가를 좋아하고 시작할 용기가 없는 건지도 모르겠다. 좋아하는 음식은 배가 불러도 먹으면서 좋아하는 일은 왜 이리 쉽게 내려놓는 걸까. '너는 좋아하는 일이 있고 좋아하는 일을 잘해서 너무 부러워. 돈 많이 버는 것보다 꿈을 찾은 네가 부러워.'라고 하는 사람들에게 이야기를 해주고 싶었다. 하지만 그냥 미소를 지으며 혼자 겪어온 과거의 일들을 빠르게 생각해본다.

나는 좋아하는 일을 찾고 좋아하는 일을 잘하기까지 수많은 덩굴을 헤쳐왔다. 그냥 운 좋게 좋아하는 일을 찾은 것도, 타고나서 잘하는 것도 아니다. 지금도 하루하루 열심히 쟁취하고 있다.

6

여유 없는 마음에는 케이크

친구들이나 또래 지인들의 고민은 몇 가지로 나뉜다. 꿈이 없는 사람과 꿈은 있지만 실패가 두려운 사람, 그리고 꿈에 도전했다가 실패한 사람. 어릴 때는 소소한 바람을 꿈꿨던 것 같다. 대학 가기, 애인 만들기, 예뻐지기…. 그러다 대학교에 들어가서 열심히 놀다 보니 어느 순간 뜨끔하고 정신이 차려지기 시작한다. 주변을 둘러보며 꿈이라는 걸 정해야지만 어른이 될 수 있다고 생각하게 된다. 더 이상 원하는 꿈을 부담 없이 말하던 때와는 다르게 현실에 맞춰 장래 희망을 정해야 하고 꿈도 현실적이어야 말이라도 꺼내볼 수 있다는 걸 깨닫는다.

나 또한 그랬다. 가수가 되겠다며 미국에서 한국으로 대학을 왔는데, 인디밴드 활동을 하면서 성적표에 다양한 알파벳을 수놓았다. 그런데 대학교 1학년 2학기가 끝나갈 무렵 갑작스레 가수라는 꿈을 포기하고 나니 '나'라는 사람의 현실에서 '나'는 아무것도 아니었다. 성적 관리는 엉망이었고 그보다 더 중요한 목표와 꿈이 사라져서 시간이 촉박하게 느껴졌다. 영어영문과에 들어간 것도 미국에서 살았었기에 영어를 하니까 큰 어려움 없이 공부하며 가수를 준비하려고 했던 것이었다. 과 선택부터 잘못한 건 아닌가 하는 걱정이 들었다. 가수, 배우, 뮤지컬 배우, 엔터테이너 말고는 사실 하고 싶은 게 없었다.

평생을 좋아하는 것과 하고 싶은 것을 정확히 알았는데

가수라는 꿈에 실패하고 나니 자신감, 확신, 마음의 여유가 사라져버렸다. 일단 불안하고 걱정되는 마음에 내가 할 수 있는 것들을 하기 시작했다. 공부라도 해야 마음이 편해졌다. 일단 1학년은 망했으니 2학년 때 무조건 전체 A를 맞아야만 심폐 소생이 가능하다는 생각이 들어서 공부에 매진했다. 교수님들께도 열심히 찾아가 이것저것 물어보았다. 학교생활은 친한 친구 몇 명을 빼고는 (창피해서) 피해 다녔다. 덕분에 공부에 집중할 수 있었다. 그렇게 올 A를 받고 살짝 올라온 자신감에 현실을 반영해 꿈이 아닌 장래 희망에 대해 다시 고민을 하기 시작했다.

그때 몇 가지 후보를 생각해봤는데 첫 번째는 글쓰기 좋아하니 잡지 에디터, 두 번째는 스튜어디스, 세 번째는 유튜버였다. 잡지 에디터는 잡지라는 미디어 자체가 사라지고 있는 추세라 걱정이 되었다. 그리고 가장 중요한 부분은 미국에서만 교육을 받아서 한국어가 서툴렀다. 스튜어디스라는 직업은 진상 손님을 만나기도 하고, 다리가 퉁퉁 부어도 계속 서 있어야 하는 직업이라 몸에 사리가 생기겠다는 생각에 접었다. 유튜버는 막상 시작하려고 핸드폰으로 영상을 찍었는데 뭘 찍어야 하는지도 몰랐다. 그리고 노트북이 얼마나 느린지 영상을 업로드하다가 화가 치밀어 올랐다. 그렇게 답답하고 아무런 생각이 없이 멍한 상태로 침대에 누워 허공만 보다가 스스로가 미워졌다. 꿈이 없으면 돈이라도 많던가. 이게 뭐하는 짓인가 싶어서 너무 슬펐다. 어른이 되면 당연히 부모님을 호강시켜드릴 수 있을 줄 알았는데 호강은커녕 이러다 부모님 집에 들어가서 나이만 먹고 구박받으며 얹혀 사는 신세가 되는 건 아닌가 하는 생각에 소름이 돋았다.

마음도 욕심도 내려놓고 날 불러주는 곳에 가서 일하면서 숨 쉬고 살 수만 있다면 감사하겠다는 생각으로 시간을 보냈다. 그러면서 스스로에게 '괜찮아.'라는 말을 자주 하기 시작했다. '실패도 해봤고 내가 별로 특별하지도 않은 평범한 사람인데 어쩌겠어. 어쩔 수 없지. 그래도 괜찮아. 그 속에서 행복을 찾으며 살자.' 생각하며 욕심을 비웠다. 서서히 소소한 행복을 찾다 보니 어릴 때 좋아하던 베이킹을 다시 시작하게 되었고, 블로그를 하면서 써니브레드의 첫 걸음을 뗐다.

지금 생각해보면 여유 없는 마음엔 시간이 약이라는 생각이 든다. 스스로를 나무라는 것보단 인정하고 다독이는 것. 케이크처럼 달달한 스스로에 대한 인정과 위로가 나를 다시 꿈꾸게 해주었다.

7

베이킹만큼
따듯한 것이
또 있을까?

빵집을 운영하는 건 정말 따듯한 일이다. 오븐에서 나오는 따듯한 빵과 빵을 좋아하는 고객들로 넘쳐나는 매장의 온기, 같이 일하는 사람들이 좋아 써니브레드가 좋다는 직원들의 웃음 소리와 음악까지. 따듯한 세상에 따듯한 마음과 물체 그리고 사람이 모이는 곳 같다. 특히 빵을 만들 때면 마음까지 평온해진다. 어떤 사람은 운동을 하며 생각을 비우고 또 어떤 사람은 명상을 한다. 스트레스를 풀기 위해 쇼핑이나 클럽에 가는 사람도 있다. 나에게는 빵이 그런 존재다. 빵집을 시작한 이후로는 불안정한 마음을 다독이기 위해 빵을 굽는다.

사업 초기엔 일주일에 딱 하루만 쉴 수 있었다. 화수목금토일 매장을 열었으니 월요일 딱 하루, 나만의 시간이 주어졌다. 월요일에는 늦잠도 자고, 아점은 간단하게 사과로 때우고, 2층 세조실에 들어가 음악을 튼다. 햇빛이 가장 부드럽게 창문을 타고 비출 때 오븐을 예열하고 덩실덩실 음악에 리듬을 맞추며 필요한 재료를 꺼내 놓는다. 나 말고는 알아보기 힘든 글씨체로 적힌 레시피 노트를 꺼내 한 번 더 읽어본 후 앞치마를 두르고 계량을 시작한다. 가루를 섞고, 액체 재료를 넣고 반죽하면서 맛을 본다. 반죽 농도를 보면서 레시피 노트를 수정하고, 손에 묻은 반죽 때문에 더러워진 노트를 행주로 닦아가며 기록하기를 반복한다. 그렇게 오븐에 반죽을 넣고 의자를 갖다 놓은 후 더러워진 레시피를 다음 장에 다시 깨끗한 손으로 정리한다. 어떻게 데코를 할지 그림도 그려서. 정리가 끝나면 작업 테이블에 돌아가 지저분해진 테이블을 치운다. 가루가 여기저기 묻어 있는 볼, 반죽이 끈적끈적하게 묻어 테이블 위에 반죽을 뚝뚝 떨어뜨리고 있는 반죽기, 살짝 추운 날씨에 점점 굳어가고 있는 코코넛오일까지. 다시 제자리에 척척 정리를 하고 깨끗한 행주로 뽀득뽀득하게 테이블을 닦고 설거지를 하고 나면, 마음에 엉켰던 불안감이 나아지는 걸 느낄 수 있다.

향긋한 빵 냄새가 솔솔 날 때쯤 오븐 앞에 가면 동그랗게 부푼 빵을 볼 수 있다. 명상이 아닌 명상을 하듯 아무 생각 없이 빵이 부풀어 오르는 모습을 보고 있으면 사람이 차분해진다. '삐비빅' 하고 타이머가 울리면 빵이 잘 익었는지 확인하고 오븐에서 꺼내 충분히 식힌다. 빵이 식길 기다리는 동안에는 세척해놓은 반죽기를 꺼내 크림을 휘핑하고 짤주머니를 준비한다. 크림을 짤주머니에 담고 식은 빵을 테이블 위에 올린 후 마음껏 꾸미기 시작한다. 사랑하는 자식을 돌보듯 사랑이 가득 담긴 눈빛으로 빵을 바라보며 사진을 몇백 장 찍은 다음에야 시식을 한다.

내가 만든 빵은 항상 맛있다. 이 시간만큼은 스스로에게 지적을 하지 않는다. 만드는 과정부터 빵을 만나기까지의 시간이 나에게 너무 따듯했고, 큰 위로가 됐기에 빵이 그 어떤 맛이라도 나에겐 한입의 다독임이 되어준다. '이번 주도 수고했어. 많이 힘들었지? 잠도 많이 못 자고 몸도 많이 지쳤을 텐데 버텨줘서 고마워.'라고 말하는 것 같다. 레시피 노트를 다시 한번 점검하고 수정한다. 그게 월요일 하루의 명상이자 힐링이다.

11시에 시작해서 4~5시가 되면 집에 돌아와 침대에 눕는다. 걱정이 있을 땐 걱정거리가 문득문득 마음을 건드리고, 불안하거나 겁이 날 땐 무대에 오르기 전처럼 속이 울렁거리지만 그날 만든 빵의 힘으로 견딘다. 어떻게든 작은 휴대폰 화면에 정신을 집중시켜 딴 생각을 하지 못하게 만든다. 웃긴 영화도 보고, 요즘 사람들은 뭘 먹고, 입는지 브이로그도 구경한다. 관심 있는 주제를 검색해 강의도 듣고, 빵을 만들면서 비운 머리를 좋아하는 것들로 꽉 채워 넣는다.

직장인들의 퇴근 시간이 지난 8시쯤이 되면, 내일 필요한 재료들을 구매하러 나갔다 돌아온다. 내일 영업을 위한 준비도 해둔다. 재료를 사러 나가는 일이 귀찮고, 돌아와 수많은 재료와 달걀 서른 판을 옮기는 것도 지칠 때가 있지만, 그래도 준비를 다 끝내고 집에 돌아와 앉아 저녁을 먹을 땐 뿌듯하다. 마지막 몇 시간 남은 휴일을 간절하게 붙들다 속으로 파이팅 하며 다음 휴일에 만들 레시피를 노트에 끼적이다 잠에 든다.

써니브레드에서 일하는 6일간은 '빵이 맛있다.'는 고객들의 말 한마디와 빵이 하나 둘 품절되어 가는 것을 보며 버틴다. 휴일엔 나와 함께해주는 빵에게 위로를 받으며 그 따듯함에 충전이 된다. 빵이 없었으면 '써니브레드'도 없었겠지만, 무엇보다 '내가 버틸 수 있었을까?' 질문을 해본다. 더 이상 부모님께 투정을 부릴 수도 없어 걱정 말라는 말로 속 이야기를 감추고, 직원분들은 물론, 당연히 고객들에게도 친구들에게도 터놓기 힘든 나의 속마음을 유일하게 숨기지 않고 위로해준 베이킹이 늘 너무 고맙다.

8

영 앤 리치
스마트 앤 섹시

가벼운 마음으로 개운하게 침대에서 일어나 부지런하게 움직인다. 바쁜 사장님답게 나갈 준비를 하고 여유로운 발걸음으로 매장에 도착해 작업복으로 갈아입는다. 오븐을 켜고, 빵을 굽고, 매장에 내려와 직원분들과 인사를 하며 매장 오픈 준비를 한다. 여유롭게 직원분들에게 일을 맡긴 후 사무실로 올라가 차를 마시며 책 작업, 사무 일을 하는 모습을 상상해본다. 가끔은, 아주 가끔은 이런 날이 찾아온다. 정말 아주 가끔. 대부분의 아침엔 일어나기 힘들고, 가끔은 승모근이 너무 아파 목을 좌우로 돌리지 못할 때가 많다. 사무 업무는 매장에서 일을 하면서 틈틈이 시간을 쪼개서 해야 하고, 미팅이 있으면 매장과 미팅 장소를 왔다 갔다 하며 분주히 돌아다닌다. 매장에 돌아오면 가만히 앉아 숨을 돌리지만 그 모습을 고객이 보기라도 할까 봐 눈치를 본다.

오후 5시에 직원분들을 보내고 나면 마감을 할 때까지 남은 3시간 동안 매장을 보며 택배 송장도 입력하고 미팅도 하면서 요청받은 자료들을 준비한다. 중간중간 요리도 하고, 빵 포장도 하고, 설거지에 마무리 청소를 하고 나면 집에 돌아와 늦은 저녁을 먹는다. 저녁을 먹기 위해 앉자마자 유튜브나 넷플릭스를 켠다. 침대에 누워 잠들기 전까지 영상을 본다. 멋지게 책을 읽지도 않고, 와인을 한잔 하며 사색에 빠지지도 않는다. 그냥 오늘 하루도 무사히 마쳤구나 생각한다. 내일이 조금은 두렵고 벅찰 땐 두통

약을 먹고 꾸역꾸역 잠을 청한다. 그러면서 '체력이 너무 바닥이네. 운동도 해야 하는데, 더 성장하려면 책이라도 읽어야 하는데…' 지키지도 않을 헛소리를 하며 조금이라도 죄책감을 덜기 위해 잠에 든다. 사업이 어렵거나 해결하기 힘든 일이 있을 땐 새벽 3~4시쯤에 스트레스와 불안감에 숨을 못 쉬거나 악몽을 꿔 소리를 지르며 일어나기도 한다. 장사가 잘 되서 마음은 편하지만 몸이 힘들 땐 근육통 때문에 깨기도 한다.

다행히 요즘은 악몽보다 좋아하는 배우가 나와 같이 학교를 다니거나 수다를 떨며 노는 꿈을 꿔서 생각보다 잘 자고 잘 일어난다. (한번은 옛날에 다니던 고등학교에 조정석 배우가 단짝 친구로 나왔다. 좋은 꿈이라고 생각한다.)

내 나이 또래 혹은 사람들을 만나면 나를 대부분 부러워한다. 나보다 훨씬 나이가 많은 분들도 나에게 조언을 구하거나 나를 존중해주는 게 느껴진다. 그분들의 기대를 깨고 싶지 않을 때도 있고, 보이는 것과 다르다고 말하기엔 불평불만만 하는 것처럼 보일까 봐 가만히 있는다. 일한 만큼 돈도 벌고, 시간도 자유롭게 쓰고, 뭐라고 하는 상사도 없는 내가, 많은 사람들에게 부러움의 대상이 될 수 있다는 것을 잘 안다. 그런 점에 항상 감사하게 생각한다.

이렇게 일을 하면서 내가 부러워했던 연예인, 사업가도 내 눈에 빛나 보이기만 했던 사람들도 즐거울 수만은 없겠구나. 저 위치에서 얼마나 발버둥을 치고 노력하는지 그들만의 고충이 얼마나 많은지, 한때는 전혀 몰랐구나. 그냥 부러워만 하고 시기만 했구나. 부자나 유명한 연예인들이 조금이라도 힘들다고 하면 코웃음을 쳤던 내가 생각이 났다. 지금은 사람 사는 게 다 거기서 거기라는 말이 괜히 있는 게 아니구나 싶다. 옛날보다 돈도 많이 벌었고, 사회적으로 위치가 생기면서 겉으론 번지르르해도 나에겐 아직 넘어야 할 산이 있고, 발버둥 치며 헤쳐나가야 할 바다가 있다.

지금은 힘들다고 말을 하는 편이지만, 예전에는 힘들다고 말하면 복에 겨운 소리를 하는 걸로 들릴까 봐 말을 조심했다. 그렇게 하다 보니 타인의 눈에 비춰지는 난, 영 앤 리치로 보이게 됐다. 그래서 생각했다. 어차피 영 앤

리치로 보이는 거라면 스마트 앤 섹시도 붙여서 그거라도 즐기며 살자고. 좋아하는 일을 하는 모습을 부러워해주는 건 너무나도 고마운 일이다. 스스로의 자존감과 자신감을 높이는 건 혼자서만 할 수 있는 건 아니니까. 주변의 시선과 칭찬 그리고 기대가 나를 더 자극시키고 성장하게 만든다. 힘들 때도 있고, 어려울 때도 많지만 그래도 좋아하는 일을 하고 있으니까. 그리고 그 사이사이 행복을 찾을 만큼 난 나를 믿으니까.

처음엔 좋아하는 일을 하고 성공으로 다가가는 나의 모습을 보며, 인생이 완벽하고 행복할 거라고 믿는 사람들의 시선과 기대가 부담스럽고 힘들었다. 하지만 지금은 '어차피 내가 뭘 말해도 각자의 생각을 믿을 거, 그렇게 살아보지 뭐!'라는 생각을 한다. 걱정이 없는 것처럼, 어떤 일이 닥쳐도 여유 있게 극복할 것처럼, 평생 행복할 것처럼. 영 앤 리치는 젊고 돈이 많은 게 아니라 젊음의 가치를 가장 높인 사람이 아닐까?

그렇다면 난 영 앤 리치 리치다!

9

써니브레드에는 써니가 들어가야지

써니브레드를 운영하면서 '내가 잘하고 있는 게 맞을까?' 의심을 많이 하게 된다. 중학교 때 점심시간에 홀로 벽에 기대 밥을 먹을 때도, 반대로 고등학교 땐 친구를 많이 사귀었지만 가끔씩 '내가 잘하고 있나?' 질문을 계속해왔다. 인생에는 정확히 답이 내려지는 질문도 있지만, 항상 답하기 어려운 질문이 계속 따라온다. 빵집 이름을 '써니브레드'라고 지으면서도 많은 고민을 했다. 사실 처음 지으려고 했던 이름은 '써니과자점'이었다. 서울로 매장을 이전하면서 조금 더 서울이란 도시처럼 세련된 느낌을 주고자 써니브레드로 바꿨다.

써니브레드는 대학교 2학년 때 내가 만든 빵을 블로그에 올리면서 시작되었다. 내가 먹으려고 만든 글루텐프리 빵을 자랑하기 위해 시작했는데, 감사하게도 많은 분들이 관심을 가져줬다. 감사한 마음에 1년 정도 무료 나눔으로 많은 분들께 빵을 보냈다. 그리고 블로그 구독자들의 요청에 의해 써니과자점을 사업화해나갔다.

3학년 때는 8개의 경시 대회 및 교내 대회를 나갔다. 당시에 수상한 상금과 살고 있던 원룸 보증금을 빼서 구리에 있는 8평짜리 공간에서 사업을 시작했다. 월세 75만 원인 작은 공방에서 많은 주문량으로 인해 잠은커녕 소변도 참고 빵을 만들어 택배를 포장해야 했다. '주문 폭주, 택배 지연'이라는 말도 모를 정도로 순진했던 나는, 하루에 몇백 개의 빵을 만들고, 포장하고, 보내면서 조금만 실수를 해도 움츠러들었다. 못 자고, 못 먹고, 연속으로 일을 하면서 자신감을 잃었다. 그때도 '내가 지금 잘하고 있는 걸까?' 의심을 했다. 장사는 잘되었지만 잘되는 장사를 따라잡지 못하고 있었기 때문이다. 잘못 나간 택배, 습기가 차서 상해버린 빵, 중요한 재료가 빠진 빵까지. 고객들의 문의 전화가 올 때마다 눈물을 쏟았다. 주문 건수가 올라가는 것을 보며 그만한다고 할까, 사이트를 내릴까 고민도 했다. 괜히 시작했나, 나는 여기까지인가 스스로 자책도 하고, 지친 몸을 이끌고 침대 위에서 어린 아이처럼 울어버렸다.

한번은 정말 그 어느 때보다 열심히 이를 악 물고 빵을 만들고 있었는데, 오븐에 붙어 있던 타이머가 울려 꺼낸 빵의 모양이 엉망이었다. 초점 없는 눈으로 빵을 꺼내들고 몇 분을 계속 쳐다보았다. 고요한 공간에서 기계만 계속 돌아갔다. 그렇게 빵을 보다 뚝뚝 눈물을 하염없이 흘렸다. 빵을 다시 만들 체력도, 더 이상의 재료도 없었다. 빵이 무슨 잘못일까, 정신없이 일하다가 재료를 까먹은 스스로에게 너무 화가 나서 소리치고 싶었다. 모든 것이 원망스러웠다. 원래 나는 이런 사람이 아닌데…. 역시 바닥까지 가봐야 사람의 본모습이 나온다더니 완전히 무너져버렸다. 오늘 하루 다 끝낼 수 있을까? 출근하기 전부터 긴장을 했던 나에게, 몇 달간 강제로 1일 1식을 하고 있는 나에게, 매일 3~5시간만 자며 일한 나에게, 어떻게 이럴 수가 있냐며 서럽다고, 억울하다고 말하며 울고 또 울었다. 하지만 무심한 시간은 계속 흘러갔고, 택배를 보내야 하는 시간은 정해져 있었다.

눈물은 계속 흐르고, 빵 만들 시간을 부족하고…. 그래서 수영 고글을 쓰고 빵을 만들기 시작했다. 그리고 망한 빵을 버리지 않고 포장해버렸다. 정신이 반쯤 나가 있었던 것 같다. 포장을 하면서 터질 것 같은 방광에게 제발 좀 버티라며 속으로 소리를 질렀다. 수많은 상자에 테이프를 붙이며 송장을 붙이며 또 울어버렸다. 그렇게 택배를 보내고 엉망이 된 공방을 치우고, 집에 돌아와 밥을 먹으며, 내일이 오지 않기를 바랐다.

다음날, 감당할 수 없을 정도로 수많은 전화가 왔다. 빵에 대한 컴플레인이었다. 인터넷 카페에는 내가 만든 빵을 욕하는 글이 올라왔다. 당연한 반응이었다. 나는 준비가 되어 있지 않았고, 전문성도 장인 정신도 그 무엇도 사업을 하기에 적합한 부분이 없었다. 나는 죄송하다며 전화를 걸어 사과를 드리고 눈물을 흘리며 사과문을 올렸다.

사업을 시작한 첫 달부터 자신감도 체력도 눈물도 바닥을 쳤다. 그런데 하루는 고객에게 죄송하다고 전화를 한 나에게 '괜찮아요. 써니 씨, 블로그 때부터 팬이었고 지금도 응원하고 있어요. 잘못 도착한 빵은 천천히 다시 기다릴 수 있으니 스스로 자책하지 말고 힘내요! 빵 만들어주셔서 감사해요.'라고 온기를 불어넣어 주셨다. 어떤 분은 나중에 나처럼 비건 빵집을 하는 게 꿈이라며 빽빽하게 쓴 편지 두 장과 선물을 주며 기분 좋은 부담감을 안겨 주셨다. 이렇게 매달 응원을 받다 보니 지금 매장 벽에 붙어 있는 편지만 수십 장이다.

나는 스스로에게 가장 모질고 엄격하다고 생각을 한다. 지금은 많이 좋아졌지만 처음엔 얼마나 순진하고 나약했는지 포기하지 않고 지금까지 와준 게 너무 고맙고 기특하다. 써니브레드에 내가 없으면 더 잘되지 않을까란 의심도 자주했다. 미래에도 의심을 할지 안 할지 모르겠지만 나 혼자 버티는 게 아니니까. 기대도 해주고 응원해주는 분들이 써니브레드에 써니가 있어야 한다고 상기시켜주니까 조금 더 힘을 내보려 한다.

10

빵처럼 마음이 따듯했으면 좋겠어

나는 내 마음이 오래 따듯했으면 좋겠다. 학생 땐 예뻐지고 싶은 마음에 거울에 비친 내 모습을 보는 마음이 차가웠다. 가끔은 스스로가 정한 기준에서 조금이라도 벗어날 때면 차갑게 마음을 돌렸다. 끊임없이 다그쳤고 완벽하기를 강요했다. 그러던 내가 천천히 변화한 건 완벽하기를 포기하고 '그냥 이번 인생 행복하게만 살아보자. 나를 사랑해보자.'로 목표를 바꿨을 때였다. 슬림한 몸에 매력적인 얼굴이 있어야만 '행복'이라는 걸 누릴 수 있다고 생각했다. 하지만 요즘에는 스스로를 봐도 정말 행복해 보인다. 항상 유지하던 체중도, 일어나자마자 하던 화장도, 다이어트에 성공한 몸매를 부각하는 타이트한 옷도 입지 않는다. 박시한 티셔츠에 슬랙스를 입고 맨얼굴로 출근을 한다. 조금 덜 예쁘다고, 살이 쪘다고 그날의 행복을 못 느낄 거란 걱정은 없어진지 오래다. 완벽하게 머리부터 발끝까지 정성스럽게 세팅을 해야만 기회를 잡을 수 있거나 여자로서 행복하고 자신감이 높아질 거란 생각 또한 하지 않는다.

맨얼굴에 박시한 티셔츠를 입은 건강한 체중인 지금, 나의 마음은 가장 따듯하고 자유롭고 행복하다. 매일 스스로의 행복을 찾고 지키며 일을 하고 있다. 맨얼굴을 보고도 아름답다, 빛이 난다, 따뜻하다고 해주시는 고객들부터 새벽에 일어나 빵을 만들고 연구하고 미팅을 하며 성장시킨 써니브레드처럼.

써니브레드를 시작하면서 매일 새벽 5시에 일어나 빵을 만들어야 했기에 화장은 사치가 되었다. 고객을 응대할 때도, 미팅을 갈 때도 시간에 쫓겨 화장을 내려놓았다. 신기한 게 나에게 있어 더 이상 누군가에게 예뻐 보이는 것이 최우선 순위가 아니었다. 빵을 잘 전달하는 것, 더 맛있는 빵을 만드는 것, 내 사업을 잘 소개하는 것이 더 중요해졌다.

써니브레드에 흠뻑 취해, 사업을 하면서 10kg이 찌고 화장품은 하나씩 1년, 2년, 3년 유통 기한을 넘겼다. 하루아침에 화장을 안 하겠다 결심한 것도 아니었다.

하루는 샤워를 하면서 거울을 봤는데 얼굴과 몸이 너무나도 아름답게 보였다. '내 몸매가 이렇게 좋았나? 열심히 일했더니 알아서 살이 빠진 건가?'라고 생각했다. 샤워를 다하고 바로 체중계에 올라갔다. 그런데 46kg는커녕 57kg까지 살이 쪄 있었다. 몇 개월 만에 이렇게 살이 많이 찐 것도 충격이었지만 57kg인 지금의 모습이 아무리 봐도 아름다워 보이는 게 더 충격이었다. 그때부터 체중계에 올라가도 스트레스를 받지 않았다. 살을 빼기 위한 식

단 관리도 하지 않았다. 글루텐프리로 먹고 싶은 걸 마음껏 먹고, 운동도 하고 싶을 때만 하고, 화장도 내가 스스로 원할 때만 했다. 가끔 칼로리에 대한 강박이 느껴질 땐 바로 스스로를 다독였고, 조금이라도 살이 찐 것 같아 거울 속 내 모습이 못생겨 보일 땐 몸무게 강박이 있었던 때를 떠올렸다. 그렇게 1년, 2년이 지나면서 폭식증, 운동, 체중, 칼로리 강박도 사라졌다.

내 마음은 이렇게 글루텐프리 빵이라는 작은 것 하나로 자유로워지고, 풍요로워지고 행복해지고 따듯해졌다. 빵 하나가 스스로를 사랑하는 법을 깨닫게 해준 것이다. 만약 내가 이 일에 열정을 느끼지 못했다면 빵을 굽느라 운동을 하지 못하는 날들, 너무 바빠 식단을 못 지킨 날들, 일이 늦게 끝나 야식을 먹어야 했던 날들을 참아내지 못했을 거다. 예뻐지는 게 유일한 목표였던 그 작고 작던 세상에서 나를 끄집어내준 써니브레드가 너무 고마울 뿐이다. 내가 가장 중요하게 생각했던 무언가가 얼마나 작은 건지, 얼마나 세상이 넓고 행복은 널려 있는지 보게 해줬다.

체중 1kg에 행복을 잃고 야식 한 번에 자책하며 하루를 날리고, 식단과 운동을 해야 한다며 시간을 쓰고, 목표하는 체중이 되기 전까지의 날들을 무의미하게 생각했던 과거가 후회스럽고 안타깝다. 나의 마음이 따듯해지고 써니브레드가 따듯해지고, 그렇게 써니브레드는 가장 빛나는 하루하루를 살게 해줬다. 내가 써니브레드를 좋아하는 이유, 나의 일을 좋아하는 이유는 더 넓은 세상으로 나를 이끌어주고 열정과 자신감을 불어넣어 주기 때문이다. 스스로가 이렇게 아름다워 보이는 것도, 매일을 가장 행복하고 빛나게 살 수 있는 것도, 내가 좋아하는 일을 하기 때문이다.

CHAPTER 2

오븐을 적당한 온도로 예열해주세요

S U N N Y B R E A D

1

180도

오븐을 켰다는 건 베이킹을 할 열정이 생겼다는 말이다. 빠른 시간 안에 토스트 두 쪽을 구워주는 토스트기와는 다르다. 오븐은 예열이라는 단계가 필요하다. 짧게는 10분 길게는 40분. 그렇다. 오븐을 켰다는 건 제대로 정성과 시간을 들여야 하는 무언가를 만들겠다는 신호다. 오븐을 예열하기 위해 들어간 나의 소중한 전기세가 아까워서라도 오븐을 켜는 날이면 무조건 많은 제품을 만들어낸다. 어찌 보면 번거로운 과정이기에 오븐을 켜는 날이 자주 오지는 않는다. 직업상 매일 오븐을 켜는 건 맞지만, 일이 아닌 이유로, 예를 들어 손님을 초대해 음식을 하거나 스스로 창의력에 불타올라 이것저것 만들어 보고 싶은 그런 날은 잘 오지 않는다. '한번 만들어볼까?' 정도의 열정으로는 오븐 스위치가 너무나도 멀게 느껴지기 때문이다. 엉덩이가 가볍고 하루 종일 약속이 없고, 정말 오로지 베이킹을 위해 하루를 다 쓰겠다는 마음가짐과 열정이 생겨야지만 오븐이 켜진다는 이야기다.

오븐은 한번 켜지기 전까지 마음을 들었다 놨다 고민을 하게 만드는 아이지만, 대학교 1학년 방학 땐 그런 오븐을 매일매일 켜기도 했다. 아침 일찍 일어나 오븐을 켜놓고 그날 만들 레시피를 정리해 냉장고 벽면에 자석으로 붙여 논 뒤 필요한 재료를 계량하며 베이킹에 불을 붙였다. 이렇게 오븐을 켜는 것도 힘든 '나'라는 사람의 열정을 켜준 가장 큰 동기는 글루텐 불내증이었다.

대학 생활을 하면서 많은 것이 무의미하게 느껴진 시기가 있었다. 대학을 다니면서 운이 좋게도 하고 싶었던 가수 쪽 일을 하게 되었다. 유명한 그룹은 아니지만 한 인디밴드의 보컬로 영업이 되었다. 하지만 갑자기 가수가 된 나는 혼란에 빠졌다. 항상 어렸을 때부터 꿈꿔왔던 직업이고, 말도 안 되는 기회로 얻게 되었는데 즐겁지가 않았다. 내가 하는 노래에 자신이 없었고, 무대에서 유일하게 즐길 수 있는 부분은 노래가 끝난 후 다음 노래를 소개하기 위해 관중과 소통하는 짧은 시간이 전부였다. 노래 연습을 하는 것도 너무 싫었고, 소속사가 원하는 속도로 늘지 않는 노래 실력에 자존감도 바닥이 되어버렸다.

좋아하는 일이지만 내가 잘하지 못한다고 느끼자 어느 순간 도망치고 싶어졌다. 연습에 나가는 것도, 무대에 서는 것도 하기 싫었다. 그렇게 천천히 나태해져서 속을 갉아먹으며 몇 개월을 버텼다. 그러다 어느 날에는 무대에 섰는데 열심히 연습하고 준비했던 노래의 전주가 시작되자마자 머리가 하얘지며 가사가 기억이 나지 않았다. 그런 나를 보며 밴드 멤버 중 한 명이 화를 내며 그 자리를 떠났다. 나는 잠수를 탔고 내가 할 수 있다는 믿음 따윈 내려놓았다. 스스로가 너무나도 작게 느껴졌다. 다 된 밥에 재를 뿌리고 다 차려준 밥상에 숟가락도 못 얹는 쓸모없는 사람 같았다. 그렇게 며칠을 고민하다가 밴드에서 나왔고 하루 종일 폭식을 했다.

아무리 무명 가수라도 무대에 오르는 직업이기에 48kg를 유지하려는 강박이 있었던 터라 긴장이 풀리면서 먹을 걸로 스트레스를 풀게 됐다. 아무도 없는 자취방 안에서 참고 참다가 밖에 나가 먹고 싶은 음식을 다 쓸어 담은 뒤 눈앞에 하나도 남지 않을 때까지 먹었다. 배가 불러도 마음이 불안하면 또 한 번 더 나가 음식을 사오고 먹기를 반복했다. 다 먹고 난 뒤에는 더 큰 죄책감과 불안감이 쓰나미처럼 몰려와 스스로를 가라앉게 만들었다. 깊은 바다 속으로 내려갈수록 심해지는 압력처럼 폭식은 하면 할수록 나를 더 아프게 했다. 그렇게 시간이 흐르고 먹으면 안 되는 밀가루 음식이 갈수록 몸을 더 아프게 할 때, 어느 순간 회의감이 들었다. '꿈도 잃었는데 건강까지 잃으면 나한테 남는 게 뭘까?' 생각했다. 폭식을 하더라도 내가 먹고 안 아픈 빵을 만들어 먹자 결심했고 그렇게 베이킹을 다시 시작하게 되었다.

처음 베이킹을 할 때는 순수하게 취미 그 이상 그 이하도 아니었다. 처음 해보는 글루텐프리 베이킹으로 나오는 결과물들은 많이 부족했다. 당시에는 따라할 수 있는 글루텐프리 레시피 자료가 국내에는 없어서 미국 블로그에 나와 있는 레시피를 따라 만드는 것 밖에는 할 수 없었다. 그래도 열심히 빵을 만들었다. 만드는 과정에서 예전에 독학한 베이킹을 떠올리며 더 맛있게 만들기 위해 연구를 시작했다. 그렇게 어느 정도 먹어줄 만할 때쯤 블로그에 빵 사진을 올리기 시작했다. 그런데 생각보다 많은 사람들의 관심을 받게 되었다.

맛있다는 말을 더 듣고 싶어서 학교에 다니면서 아르바이트를 세 개나 했다. 400만 원을 모아서 미국에 놀러가 LA와 샌프란시스코에 있는 글루텐프리 베이커리를 돌아다니며 빵을 먹어도 보고, 도서관에 들어가 글루텐프리 책을 거의 다 읽고 돌아왔다. 그렇게 계속 열정의 불을 활

활 태우며 노력했다.

오븐을 켜기 전까지는 정말 많은 고민과 역경(?)이 있다. 게으름, 부담감, 걱정 때문에 혹은 자신감이 없어서 오븐을 켜고 빵을 굽기까지가 어려울 때가 많았다. 하지만 한 번 부정적인 감정을 털어내고 귀찮음을 이겨내고 오븐을 켰을 땐 마음의 준비가 끝나 있었다. 어떤 일이 있어도 빵을 굽겠다는 결심이 선 것이다.

나 말고도 많은 사람들이 그렇다. 하고자 하는 일이 있지만 막상 시작하기란 정말 어렵다. 헬스장에 가는 건 어렵지만 막상 가서 운동을 시작하면 열심히 하게 되는 것처럼 꿈도 똑같다. 시작하는 건 항상 어렵고 많은 내적 에너지를 요구한다. 하지만 한 번 스위치를 켜면 그때부터는 열정이 따라준다. 정말 변화를 원한다면 스위치 앞으로라도 가자. 눈 한번 딱 감고 스위치를 켜는 것이 인생을 바꾸기도 하니까.

2

1g의 차이도 용납할 수 없어

베이킹은 요리와는 많은 차이가 있다. 특히 베이킹을 배우는 초보자 또는 그 맛을 그대로 구현해내려는 베이커들에게 눈대중은 금지다. 다만 어느 정도 경지에 다다르면 눈대중으로 휙 하고 만들 수는 있다. 하지만 전에 만든 그 맛을 그대로 재현하기 위해선 반드시 레시피를 지켜야 한다. 베이킹은 맛보는 것만으로는 들어갔는지 아닌지 모르는 베이킹파우더나 베이킹 소다 같은 재료를 쓰기 때문이다. 김치는 중간중간 간을 보며 맛을 수정할 수 있지만, 베이킹파우더를 적당량 넣지 않으면 케이크는 부풀어 오르지 않는다. 특히 오븐에 들어간 후에는 절대 되돌릴 수 없다. 그렇기에 처음 베이킹을 하는 사람들은 레시피의 그램 수를 1g의 차이 없이 따라하는 것이 기본이다. 달걀이 싫다고 뺄 수도 없고 우유가 좋다고 더 넣어서도 안 된다. 기본기를 잘 다진 베이커들은 어느 정도의 선을 지키며 정해진 레시피를 각자의 스타일이나 상황에 맞게 변경하며 만들기도 한다. 우유가 좋으면 어느 정도 선에서 더 추가를 해야 하는지 알기 때문이다.

하지만 빵을 만드는 사람으로서 사람들에게 꼭 말해주고 싶다. 그램 수를 맞추는 건 정말 중요한 요소가 맞다. 하지만 그렇다고 해서 절대 1~2g의 차이로 엄청난 문제가 생기지는 않는다. 베이킹 클래스를 진행하는 사람으로서 처음에는 무조건 그램 수를 정확히 맞추라고 수강생들에게 말하는 이유는 기초를 잘 알려주기 위해서다. 쉬운 레시피부터 그램 수를 마음대로 늘렸다 줄였다 하다 보면 버릇이 되어버리니까.

처음 사업을 시작하면서는 1~2g의 차이로 스스로를 갉아 먹었다. 조금이라도 계획에서 벗어나거나 정해진 날짜를 맞추지 못할 땐 스스로를 자책했다. 서류를 까먹어서 계약 기간이 며칠 연기되거나, 전기 공사가 연기 되었는데 깜빡하고 이삿짐센터에 말을 못해 스케줄이 꼬여버렸을 때, 벽 페인트를 바르는 도중 페인트가 다 떨어져서 어쩔 수 없이 약간 색이 다른 페인트로 칠해야 했을 때. 아무도 그 차이를 알아보지 못하고 지금도 아무도 못 알아채지만 당시에 나의 속은 뒤집어졌다. 아무것도 아닌 일로 속상해했고 스트레스받았다.

세상엔 유능한 대표들이 많다. 저런 사람들은 어떻게 살까하고 궁금해서 다큐멘터리나 책을 찾아 보는 것을 정말 좋아한다. 동경심은 물론이고, 긍정적인 자극을 받기 때문이다. 화가 나면 방에 들어가 화를 풀기 위해 하루 종일 책을 읽었다고 하는 빌 게이츠와 그 어떤 높은 사람이 찾아와도 소신과 자부심을 잃지 않았던 스티브 잡스의 이야기를 들으면 떡잎부터 남달랐다는 말이 나온다.

나는 절대 떡잎부터 남다르지 않은 사람이다. 그래서 그들처럼 될 수 없을 것 같다는 생각을 가끔 한다. (남이 들으면 정말 그렇게 될 것 같아서 아주 가끔 나의 영혼이 상처받지 않도록 조심스레 생각하고 바로 지워버린다.) 우선 나는 책 읽는 걸 좋아하긴 하지만 소설에 국한된다. 경영·마케팅 등의 책은 아직까지는 억지로 읽어야 하는 경우가 대부분이다. 도서관에 가도 로맨스나 하이틴 장르에만 눈길이 간다. 특히 주인공들이 푸릇푸릇한 고등학생이면 환장을 한다. 그게 있는 그대로의 나다. 경영 관련 책을 읽으면 도대체가 뭘 읽은 건지 무슨 소리를 하는 건지 방금 읽은 내용도 금방 잊어버린다. 그래서 가끔은 스스로가 창피해 책에서 멀어질 때가 있다.

나의 하루가 유명한 경영자의 하루보다는 비교적 나태할지라도 나에게 맞는 발걸음으로 앞으로 나아가려고 노력한다. 좋은 사람이 되기 위한, 내가 원하는 인물이 되기 위한 레시피도 차근차근 준비하면 되는 거니까. 난 빌 게

이츠의 레시피가 아니니까. 다른 사람의 레시피를 따라하면 이도 저도 아닌 레시피가 될 테니까.

타인에게선 좋은 자극과 영감만 가져오고 내 레시피를 만들면서 지치지 않도록 열정을 불어넣어 주는 정도로만 쓰면 된다. 그램 수를 맞추기 위해 노력은 필요하지만 그렇다고 아주 작은 차이에 연연하지 말자.

투톤의 회색으로 칠해진 가게 안에서 빵을 굽고 손님을 맞이하며 하루하루를 지내다 보니, 스스로에게 한 말들과 경험했던 극심한 스트레스는 필요치 않았던 거라는 생각이 든다. 분명히 말하지만 1~2g의 차이는 절대 만든 이 말고는 알 수 없다. 다만 그 차이로 스스로를 갉아먹을 것인지, 아니면 충분하다 생각하며 맛있게 나온 케이크를 보고 만족할 것인지는 스스로에게 달렸다.

나는 케이크를 보며 이렇게 말해야지. "완벽하지 않아도 괜찮아, 최선을 다하면 맛있을 거야."

3

나에게 맞는 레시피 찾기

레시피를 찾은 후 재료를 구해 만드는 것이 쉬울까? 갖고 있는 재료에 맞춰 레시피를 정하는 것이 쉬울까? 나는 매주 네 번씩 새벽 배송을 시켜서 요리에 필요한 기본 재료를 구매한다. 과일, 야채, 직원들과 함께 먹는 점심 식사 재료, 혼자서 즐기는 저녁 식사 재료, 총 두 끼를 염두해 매일 먹어도 질리지 않고 다양한 요리에 적용이 가능한 재료를 시키려고 애쓴다. 그리고선 매 끼니마다 냉장고를 열어 오늘은 무엇을 만들까, 남아 있는 재료에 맞춰 요리를 한다. 빨리 먹어야 하는 재료부터 차례차례 먹다 보면 냉장고가 텅 비어 버린다. 그럼 또 인터넷 쇼핑몰 장바구니에 재료들을 담는다.

베이킹도 비슷하다. 특히 베이킹을 즐겨하는 사람들은 베이킹 책이나 영상을 보다가 '오 저거 맛있겠다. 만들어 보고 싶다.' 생각이 들거나 그냥 문득 '딸기 생크림 케이크가 먹고 싶다.'는 생각이 들어 (귀찮지만) 주방으로 향하게 된다. 냉장고를 열어 재료를 확인한다. 달걀, 생크림, 우유, 버터는 있지만 아쉽게도 딸기가 없다. 대신 오렌지가 있다. 아쉽지만 어떡하리. 식욕은 벌써 타오르고 있기에 오렌지 케이크로 메뉴를 변경한다. 먹고 싶은 게 케이크인 건 변하지 않았고 (딸기가 없어 아쉽긴 하지만) 가장 효율적으로 식욕을 잠재울 수 있는 방법이니까. 나는 케이크 레시피뿐만 아니라 인생 레시피도 효율적으로 조율해가는 방법을 터득하고 있다.

다양한 프로젝트를 하다 보면 완벽하게 하려는 욕심은 잠시 내려놓고 같이 일을 하는 팀과 조율도 하고 가끔은 고집을 내려놓아야 할 때가 있다. 게다가 이번 달 스케줄을 보니 7월에 딱 이틀 쉰 게 전부였다. 수요일부터 일요일은 매장에서 최소 12시간씩 일했고, 그 사이에 미팅과 사무 업무 그리고 책을 썼다. 유일하게 쉬는 날인 월요일에는 외부 미팅과 촬영을 했다. 촬영은 대부분 아무리 짧아봐야 5시간, 길면 10시간이 걸렸다. 이런 날엔 첫 끼를 오후 5시에 먹게 된다. 바쁜 스케줄을 소화하다 보면 주위 사람도 걱정을 한다. 하지만 난 크게 걱정하지 않는다. 왜냐면 이럴 때 걱정 없이 남은 재료로 요리를 할 수 있기 때문이다.

된장찌개를 맛있게 끓이려면 멸치와 다시마로 육수를 내야 한다. 육수가 보글보글 끓으면 된장을 풀고 감자, 애호박, 두부, 양파, 청양고추, 버섯까지 듬뿍 넣고 끓인다. 빠진 재료가 없으면 너무 좋겠지만, 인생이란 게 매번 빠진 것 없이 준비되어 있을 순 없다. 가끔은 두부가 없을 때도 있고 또 어떨 땐 된장이랑 애호박만 있을 때도 있다.

그래도 된장이 들어간다면 된장찌개는 된장찌개다. 베이킹도 마찬가지다. 언제나 완벽할 필요는 없다. 레시피에서 중요한 기본 재료만 준비되어 있다면 생크림이 없다거나 과일 토핑이 다르다고 케이크를 만들 수 없는 것도 아니고, 맛이 없는 것도 아니다. 인생 레시피도 요리 레시피처럼 여유롭게 생각해야 한다. 비록 스케줄이 바빠 모든 촬영과 미팅에 에너지를 200% 쏟을 순 없더라도 충분히 즐길 수 있다.

이십 대 초반에 운이 좋게 다수의 뮤직비디오와 단편영화에 주인공으로 출연한 경험이 있다. 그때는 촬영 전 준비에 엄청난 에너지를 쏟았다. 몇 달 전부터 타이트한 식단, 운동 루틴은 물론이고 피부 관리까지 완벽함을 추구했다. '이 정도 준비하면 후회하지 않겠지? 정말 마음에 드는 작품이 되겠지?' 생각하면서 말이다. 그런데 며칠을 추울 땐 덜덜 떨면서, 더울 땐 땀을 흘리며 촬영해 나의 모든 것을 쏟아 부었음에도 불구하고 결과물이 만족스럽지 않았다. 그때는 작품을 전체적으로 바라보는 시선보다는 오로지 나에게만 집중했기 때문에 더 그랬던 것 같다.

다행히도 요즘은 많이 달라졌다. 한 분은 촬영하는 게 너무 즐겁다는 내 말에 '대부분의 사람들은 촬영하는 것을 부담스러워하고 자기가 나온 영상을 보는 것도 힘들어하던데 써니 님은 정말 즐기시네요.'라고 말했다.

이렇게 즐길 수 있는 이유는 내가 가지고 있는 재료에 얽매이지 않기 때문이다. 그건 어쩔 수 없는 거니까. 내가 걱정하고 스트레스받고 신경 쓴다고 해서 나아지는 건 없으니까. 가끔은 촬영 팀에서 오케이만 해주면 맨얼굴로 촬영하기도 한다. 생각보다 촬영이 부드럽게 진행되지 않고 말을 버벅거려도 괜찮다. 사용 가능한 재료가 남아 있기라도 한 것에 감사한다. 완벽하지 않더라도 내가 가지고 있는 재료로 최고의 레시피를 만드는 거니까. 매일 완벽할 수 없고 더불어 준비를 완벽하게 해도 100% 만족한다는 보장은 없다. 조금 부족하다고 다가온 기회를 차버리지 말고 최선을 다해 즐기면 나도 모르는 사이에 멋진 레시피가 완성되기도 한다. 이렇게 몇 번이고 부족한 재료를 이용해 만족스러운 레시피를 만들다 보면 요령이 생기고 레시피가 차곡차곡 쌓이게 된다.

대충하라는 말이 절대 아니다. 모든 일에는 책임을 져야 하고 특히 미팅 한 번, 촬영 한 번에 얼마나 많은 사람들이 시간과 정성을 투자하는데 그걸 무시해서는 절대 안 된다. 다만 그렇다고 모든 일에 필요 이상으로 완벽을 추구할 필요는 없다는 말이다. 그리고 완벽하고 싶다고 완벽할 수 있는 것도 아니다. 항상 열심히 준비했다고 그대로 문제없이 흘러가는 것도 아니다.

미리 재료를 사놓으면 되지 않느냐 생각할 수도 있지만 가끔은 재료가 품절되기도 하고 또 못 본 사이에 상할 수도 있는 거니까. 그럴 땐 머리를 부여잡고 스트레스받기보다 그냥 그러려니 하는 게 좋다. 정말 중요한 레시피는 제대로 준비해서 만들면 된다. 그럴 여유가 없을 땐 그냥 있는 재료로 뭐라도 해먹으면 최고 아닌가. 두부 없는 된장찌개도 맛만 좋더라.

4

끼리끼리
모이는
우리

무슨 말을 해도 부정적인 추임새를 넣는 사람들이 있다. 무언가를 도전해볼 예정이라고 말을 하면 걱정을 한답시고 기운 빠지는 소리를 하는 그런 사람. 내가 현실감 없는 어린 아이라고 생각하는 듯 '다 너를 위해 하는 소리.'라며 훈수를 둔다. 그냥 하고 싶은 게 생겼고 그걸 하겠다는 말인데. 의견을 물어본 게 아닌 데도 말이다.

나는 타인의 의견을 많이 들으며 사는 직업을 갖고 있다. 글루텐프리 빵을 출시하기 전, 직접 개발한 메뉴에 대한 피드백을 듣는다. 예전에 내가 개발한 제품을 파티시에 포함 전 직원에게 시식을 권유한 적이 있었다. 그런데 한 사람이 케이크를 먹기 전에 유심히 케이크를 돌려 보다가 입에 한입을 넣고선 눈을 감고 음미했다. 그리고 웃음기 없는 얼굴로 말했다. '녹차를 좋아하는 사람으로서 이 녹차 케이크는 녹차 맛보다 쓴맛이 강해요. 쓴맛을 잡고 녹차 맛을 높이면 좋을 것 같아요. 그리고 조금 물릴 수 있겠다는 걱정이 들어요.' 좋은 피드백이었다. 개인 감정 없이 딱 필요한 개선점을 말해줬다. 하지만 그때 알았다. 내가 절대 전혀 쿨하지 않다는 것을. 나는 영화에 나오는 것처럼 프로페셔널하게 타인의 지적을 받을 수 있는 인물이 아니었다. 그렇게 그 사람의 한마디 한마디에 얼굴이 굳었다. 정신을 차리고 보니 분위기가 싸해져 있었다. 애써 괜찮은 척 웃어넘기면서 '피드백 너무 감사해요.

꼭 반영해서 수정해볼게요.'라고 말하고 케이크를 들고 작업실로 올라갔다. 그리곤 하루 종일 토라져 있었다. 다행히 조금 단순한 편이라 감정은 쉽게 풀어졌지만 아직도 그때 기억이 생생한 걸 보니 난 절대 쿨하지 않다.

어떤 사람들은 피드백을 듣고 수용하는 것이 정말 중요하고, 최대한 많은 지적은 좋다고 말한다. 하지만 나는 수많은 피드백만큼 아까운 것이 없다고 생각한다. 우리는 웬만해선 누군가 나에게 지적을 하기 전에 스스로 무엇을 보완해야 하고 무엇이 부족한지 더 잘 알고 있다. 항상 본인이 제일 잘 안다. 본인이 잘 알고 있으니 그 사람을 정말 위한다면 채찍질보다는 상처받거나 지적이 날아올까 조마조마하며 떨고 있는 마음을 보듬어주는 것이 더 좋지 않을까 하는 생각이 든다. 그리고 정말 피드백을 원한다면 충분히 따듯하게 말해줄 수 있다.

많은 사람들은 주변 사람들에게 자신의 꿈을 공유하고 재능을 확인받으려고 한다. 그럴 때마다 나는 사람들에게 가장 필요한 말이 무엇일까 생각해본다. 대부분의 사람들은 뾰족한 지적이나 피드백을 필요로 하지 않는다. 벌써 스스로 너무나도 많은 지적과 피드백을 하고 있기에 그 마음을 잠시 진정시키고 자신감과 열정을 불어넣어줄 응원과 칭찬이 필요하다. 나도 그렇다. 내가 좋아하는 일을 하면서 나의 단점과 부족한 점에 대해 매일 생각하고 있다. 다른 대표들과 나를 비교하면서 나의 부족함에 한숨을 내쉴 때가 많다. 그래서 이런 부족함을 옆에서 읊어주는 사람보다는 잘하고 있다고 응원해주는 사람이 좋다.

옛날 옛적 왕 옆에 서서 쓴말을 하는 사람을 충신이라고 했지만 우리는 왕이 아닌 건 물론이고 칭찬을 내뱉는 사람들과 살고 있지 않다. 어찌 보면 쓴말을 해주는 충신들만 주변에 득실득실 넘쳐난다. 그렇기에 나는 충신이 아닌 간신이 좋다. 거기에 나 스스로도 지나치게 객관적이라 스스로가 참 얄미울 때가 많다.

안 그래도 초등학교에 다니기 시작하면서부터 쓴소리를 듣고 사는데 어른이 되어도 달라지지 않는다. 그래서 난 딱 귀 기울일만한 충신을 정해놓고 나머지 사람들에겐 제발 조용히 해달라고 부탁한다. 글루텐프리 베이커리를 열겠다고 했을 때 많은 충신들이 달려와 나에게 이런 저런 이야기를 했지만 나는 딱 한 명을 찾아가 조언을 구했다. 다들 나를 좋아한다는 걸 안다. 걱정되어 한마디 던지는 친척들과 친구들. 그런데 가끔은 나랑 상관없는 사람들도 가던 길을 멈춰 서고 의견을 던진다. 이 의견들이 가끔 훅 들어오는 바람에 타격을 입을 때도 있다. 그래서 나도 도움이나 피드백을 위해 찾아오는 사람들을 제외하고는 그 누구에게도 말을 조심한다. 지금도 나는 꿈을 꾸는 과정에 있어서 충신들이 찾아오면 귀를 닫고 '응, 아니야.' 말하며 '고맙지만 너의 의견은 사양할게.' 예의 있게 돌려서 말해준다.

오랜 시간 이런 태도를 유지한 덕분에 언제든 찾아갈 수 있는 지혜로운 멘토가 각 분야별로 있다. 나를 위해서 해주는 말이라며 상처 되는 말과 간섭을 던지는 사람들은 거의 없다. 응원해주고 자신감을 불어넣어주는 그런 친구들만이 주변에 남았다. '글루텐프리 빵을 누가 사 먹어.' '무슨 빵이 이렇게 비싸? 이렇게 비싸게 팔면 누가 사 먹어.' '이게 빵이냐?' '한국 사람들은 이런 거에 관심 없어.' '영어영문과에 제빵 자격증도 없는데 무슨 네가 빵집이야.' 수많은 쓴소리를 들었지만 나의 소신과 중심을 밀고 나갔고 내가 맞았다는 걸 증명했다.

타인의 말에 흔들리지 말아야 한다. 가끔은 듣고만 있지 말고 조용하라고 말해야 한다. 꿈을 이루는 데 있어서 우리는 많은 간신들이 필요하다. 스스로도 내가 할 수 있을까 하는 고민에 자주 흔들리는데 옆에서 응원해주고 힘을 북돋아 줄 그런 간신 친구가 최고다.

5

예열은 혼자서 할 수 없어

경쟁 업체의 소셜미디어 팔로우를 다 끊어버렸다. 솔직히 말하자면 질투가 났기 때문이다. 사업 초창기에 질투심을 느낀 한 경쟁 업체가 있었다. 써니브레드보다 매장도 늦게 열었했는데 더 잘되는 것 같았고 거기에 사장님까지 너무 예쁘셨다. 내가 이렇게 질투심이 강하다는 걸 처음 알았다. 사업을 하면서 이럴 줄 몰랐다. 처음 사업을 시작하면서는 열심히 해서 경쟁 업체를 많이 만들고, 나와 같이 식품 제한이 있는 사람들이 먹을 수 있는 곳이 많아지도록 하는 게 목표였다. 경쟁 업체가 많아질수록 소비자의 니즈가 채워지고 만족도가 올라가고 그렇게 대기업까지 합세를 하게 된다면 나와 같은 분들이 걱정 없이 한국에서 맛있는 음식을 먹을 수 있으니까. 그런데 어느샌가 매일 다른 업체의 페이지를 들여다보며 염탐을 했다. 그리고 질투로 속을 갉아먹었다. 저기는 저렇게 잘되는데 왜 나는 이정도일까 생각하며 말이다.

그러다 스스로를 갉아먹는 질투심을 극복하고자 먼저 경쟁 업체 사장님들에게 다가갔다. 빵을 구매해 맛있게 먹고 감사하다고 마음을 전했고, 그렇게 친해진 사장님들도 가끔 우리 가게에 놀러와 수다를 떨었다. 신기하게도 미국 속담 "The grass is always greener on the other side."(남의 떡이 더 커 보인다.)처럼 나뿐만 아니라 다른 사장님들도 나와 같은 마음이었다고 공감하셨다. 다들 소셜미디어만 보면 나보다 다 나은 것 같고, 나만 뒤쳐지고 있는 것 같다고. 페이지에는 좋은 내용과 잘되는 모습만 올리기 때문에 정말 어떤지는 본인만 알고 있다고. 사장님들도 내 인스타그램을 보고 똑같이 질투하고 부러웠다는 말을 했다. 그렇게 질투하던 사장님이 같은 고민을 나누는 동지가 되었다.

항상 내가 앞설 순 없다. 내가 스타트를 끊었다고 항상 우위에 있을 이유는 단 하나도 없다. 뒤쳐진다고 해서, 한 번 넘어진다고 해서 끝난 것도 아니다. 어떻게 보면 경쟁업체와 경쟁을 하지만 경쟁이라고 볼 수 없다. 서로가 서로에게 필요한 곳이기 때문이다. 나의 목표는 돈을 많이 버는 것이 아니라 더 좋은 식문화와 식품 제한에 대한 지식을 알리는 일이니까. 그렇다고 질투를 안 하는 건 아니다. 질투가 필요 없다는 걸 알지만 어리석은 인간이라 여전히 질투를 한다. 대신 지금은 그냥 즐기거나 피해버린다. 그리고 진심으로 축하를 하고 감사할 수 있기를, 내가 더 나은 사람으로 성장하기를 바라며 노력하고 있다.

만약 나 혼자서 글루텐프리 시장을 독점했다면 식품에

대한 관심이 빠르게 식었을 것이다. 나 말고도 멋지고 맛있는 곳이 생기면서 관심에 불이 붙어 지금처럼 크게 될 수 있었다. 덕분에 우리는 아직도 많은 사랑을 받고 있다. 다 경쟁 업체와 써니브레드를 잊지 않고 찾아와주는 고객 덕분이다. 이렇게 다양한 감정들을 느끼면서 내가 얼마나 부족한지 배우고 어떤 개선점이 필요한지 생각하게 된다. 사람이라 질투라는 감정이 없을 수 없고 스스로를 남과 비교하는 습관을 한 번에 고칠 수도 없다. 다만 나만 그런 게 아니라는 것, 사람이라면 누구나 그럴 수 있다는 걸 알면 마음이 조금은 편해진다. 이럴 땐 '경쟁 업체'라는 단어 말고 한 배를 탄 동료 업체, 동지 업체라고 부르면 더 좋지 않을까 생각한다. 경쟁을 하지만 서로가 잘되기를 바라는 마음은 항상 간직하고 있는 것. 서로의 실수와 발전을 통해 배워가고 또 멋진 목표를 공유하는 것. 성장하는 길에 엎치락뒤치락하겠지만 누구를 망하게 하는 것이 목표가 아니라 서로가 서로의 자극제가 되어 멋진 문화와 세상을 만들기 위해 달리는 것.

자극은 스스로에게서도 물론 느낄 수 있지만 '더 열심

히 해야겠다, 더 성장해야겠다. 이런 부분은 배우고 개선해야겠다.'는 자극은 경쟁 업체에서 오는 게 많다. '어, 이 대표님은 친환경적인 택배 포장을 벌써 도입하셨네. 여기는 메뉴 개발을 어쩜 이렇게 열심히 해? 여기는 고객들과 소통을 진짜 잘하는구나. 어떻게 하는 걸까?' 하며 공부하고 자극받고 이기고 싶어지게 만든다.

베이킹을 할 때 밖에서 보면 오븐의 예열은 버튼 하나로 끝이 나지만, 예열을 하기 위해선 정말 많은 에너지가 필요하다. 오븐을 예열하는 데 필요한 전기나 가스 그리고 예열을 유지하기 위해 계속 쏟아지는 에너지. 나 혼자선 예열할 수 없고 온도를 유지하기 힘들다. 이곳저곳에서 자극해줘야 하고 자극을 잘 사용할 줄 알아야 한다. 경쟁자를 보며 배 아파하고 미워하고 질투만 하다가 끝나면 예열은커녕 오븐을 켜고 싶다는 생각마저 사라질 수 있다. 반대로 경쟁자를 보며 배울 점을 찾고 자극을 받으며 공부하고, 연구하고, 선의의 경쟁을 하게 된다면 예열은 문제없다.

6

적당한 온도 사수하기

오븐의 온도는 수시로 체크를 해줘야 한다. 오븐 기계 판에 180도라고 적혀 있다고 해도 정작 오븐 안의 온도는 숫자와 다를 수 있다. 추운 겨울이나 수시로 변하는 환경으로 인해 시간이 흐르면서 오븐도 나이를 먹기 때문이다. 빵이 일정하게 잘 나오기 위해선 오븐 온도를 일정하게 사수하는 것이 중요하다. 너무 많이 올라가면 내려주고 또 내려가면 올려준다. 오븐이 알아서 일을 하지만 그래도 계속 주시할 필요가 있다.

2019년은 내가 살면서 가장 바쁘게 산 1년이었다. 바쁜 매장에서 일을 하다가 틈을 내서 2시간 반 거리에 있는 공장을 왔다 갔다 하며 대량 생산 및 납품을 준비했다. 그 사이에 촬영, 인터뷰, 책 집필, 신메뉴 개발, 대학교 창업 강의, 베이킹 클래스까지 진행했다. 나에게 이런 기회들이 주어졌다는 것에 행복했지만, 적당한 스트레스와 체력의 온도를 유지하는 것은 정말 힘들었다. 감사한 기회고 새로운 도전이고 내가 선택하고 벌린 일들이었지만, 어느 순간 온도가 바닥을 쳤다. 그렇게 매장에서 일할 땐 그 누구보다 예민한 사장이자 사람이었다. 직원들은 매일같이 내 눈치를 봐야 했다. 작은 실수 하나에도 나는 눈빛이 달라졌다. 원래 같았으면 절대로 화가 나지 않았을 일에도 언성이 높아졌고, 상처가 될 만한 말들을 내뱉었다. 항상 이런 모습을 보이진 않았기에 직원들은 나의 상태를 인지했고 처음엔 이해해주었다. 하지만 그럼에도 불구하고 완벽에 집착했다. 나는 모든 사람들에게 화가 나 있었다. 그렇게 일주일이 지날 때쯤 문득 내가 하는 말과 행동들이 스스로에게 투명하게 보였다. 너무 부끄럽고 창피했고 미안했다. 마음을 가라앉히고 요 근래 왜 화가 자주 나는지, 화가 한 번 나면 가라앉히는 게 왜 이렇게 힘든지 천천히 생각을 풀어나갔다. 내 앞에 놓인 해야 할 일들이 너무도 많았고 업무적 스트레스와 압박감이 나를 누르고 있었다. 그리고 그 일들이 원하는 대로 풀리지 않거나 골치를 썩일 땐 나도 모르게 긴장을 하고 있었다.

하루는 매장 매니저와 파트타이머 두 분이 평소와 같이 매장을 보고 있었고, 나는 매장 한켠에 앉아 사무 업무를 정신없이 보고 있었다. 그때 손님이 들어오셨고 브런치를 주문하면서 달걀을 추가한다고 하셨다. 손님이 주문한 브런치에는 서비스로 달걀이 같이 나가고 있었기에 매니저는 '주문하신 식사 메뉴에 달걀이 들어가는데 하나 더 추가 하시겠어요?' 되물었다. 지금 생각해도 정말 잘못한 게 없지만 직원이 한 말에 '서비스'라는 단어가 들어가지 않았던 게 갑자기 내 귀에 거슬렸다. 나는 그 자리에서 일어나 손님이 계심에도 불구하고 (이성을 잃어버리고) '매니저님, 제가 저번에 달걀은 서비스로 올려드리는 거라고 한 것 못 들었어요? 달걀이 부족해 못 나가면 오해가 생길 수 있으니 조심해주세요.'라고 말을 했다. 그렇게 손님이 가고 텅 빈 가게에서 매니저와 나는 30분 동안 실랑이를 벌였다. 그 당시에는 화가 가라앉질 않았고 그 상황이 참기 힘들었다. 그러다가 문득 이성이 돌아왔다. 내가 도대체 뭐하는 짓인가, 왜 죄도 없는 사람을 이렇게 몰아붙이는 거지? 하고 스스로를 돌아봤다. 바로 매니저와 직원들에게 사과를 했다. 진심을 담아 죄송하다고 이야길 하고 내가 왜 요즘 예민한지 설명을 드렸다. 직원들도 돌아가면서 힘들었던 부분, 억울했던 부분을 이야기하며 용서를 해주셨고, 이해한다고 말했다. 나는 그 이후 직원들을 감정 쓰레기통으로 사용하는 행동을 그만뒀다. 대신 힘들거나 스트레스가 쌓이면 직원들과 더 많은 소통을 하고 잠시 쉬는 시간을 가졌다.

나는 매장에서도 지쳐 있었다. 고객을 보며 웃는 것이 쉽지 않다는 것을 처음 알았다. 작은 매장 안으로 문을 열

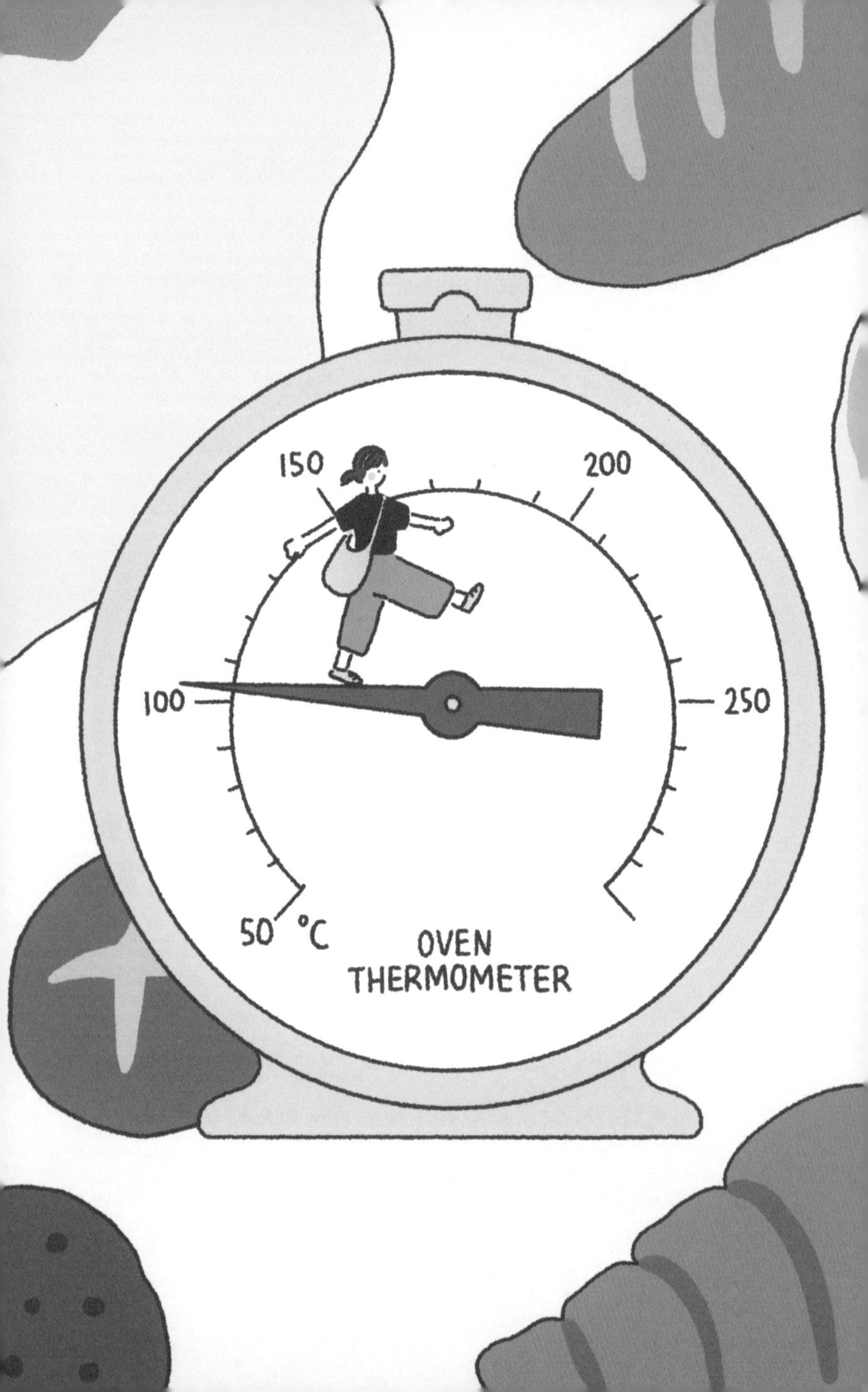
150
200
100
250
50 °C
OVEN
THERMOMETER

고 고객이 들어올 때마다 웃고 친절하게 대하는 것이 즐거웠지만 그해는 달랐다. 카운터에서 웃음을 짓는 것이 너무 어려웠다. 내가 이렇게 프로페셔널하지 못하다는 생각에 힘들기도 했지만 가식적인 웃음이 더 싫었다. 최대한 고객이나 매장에 어두운 분위기를 전하지 않기 위해 노력했다. 그렇게 반년을 넘기고 가을이 왔을 때 나는 출간 예정인 책 세 권을 한 권으로 줄였고, 일주일에 최소 하루는 꼭 쉬는 날을 가졌다. 목이 역 C자 되어서 그로 인한 두통과 혈압 그리고 스트레스로 인한 불안증이 생겨 심리 상담도 받았다. 다행히도 내 불안증에는 이유가 명백하게 있었기 때문에 큰 걱정은 아니라고 하셨다. 일을 정말 사랑하지만 내 그릇을 모르고 너무 많은 일을 담아버린 나의 잘못이 컸다.

나는 이 낮은 온도를 다시 적정 온도로 끌어올리기 위해 노력했다. 잠을 자려고 누우면 들숨을 마시지 못해 잠에서 깨기를 반복하는 내 자신이 안타까워 침대 위에 앉아서 울기도 했다. 그렇게 울다가 스스로에게 괜찮다고 잘하고 있다고 말해줬다. 제대로 풀리지 않는 일들과 준비해야 하는 다음 일들 생각에 매일매일 긴장의 끈을 놓지 못하는 나에게 스스로가 해줄 수 있는 사랑이 담긴 말들을 다 해주고, 잠을 잤다. 또 너무 힘들 땐 일기를 쓰고 이 사람 저 사람을 찾아다니며 조언을 구했다. 그 중 내 불안한 마음을 다독여주었던 말이 있다.

지금은 정말 성공하신 대표님이지만 몇십 년 전의 모습이 지금의 나와 닮아 있다고 했다. 대표님은 내가 느끼는 불안감과 스트레스를 버티고 8년이 되서야 벗어날 수 있었다고. 그 이후로도 스트레스와 불안감은 있었지만 단련이 됐다고 한다. 어느 순간 상황에 대처하는 능력이 생긴다고 말해주셨다. 내 또래나 주변 대표들은 다들 너무나도 잘하고 있는 것 같은데, 내가 이 일을 할 자격이 없는 건가 생각했던 것이 틀렸다는 것을 깨달았다.

그 후 나는 마음가짐을 달리 했다. 세상이 나를 큰 사람으로 보고 많은 일과 시련을 주는 거라고 생각했다. 내가 일을 못해서 부족해서 계속 일이 터지고 실수를 하고 역경이 찾아오는 것이 아니라, 내가 이 모든 일들을 헤쳐 나갈 수 있고, 이겨내서 정말 큰일을 미래에 맡아야 하는 사람이기에 겪는 것이구나 생각하며 나도 모를 자신감에 차올랐다. 그렇게 2019년도를 무사히 지나 2020년 다사다난한 한 해를 보내며 많이 단단해졌다. 나의 온도는 예전보다 들쑥날쑥한 변화 없이 잘 유지되고 있는 중이다. 이렇게 살다 보면 아무리 환경이 바뀌고 방해를 받아도 누구보다 적절한 온도를 지키는 사람이 될 거라 믿는다.

CHAPTER 3

레시피대로 정확하게 반죽해주세요

S U N N Y B R E A D

1

좋아하고
잘하는 일도
처음엔 다 어렵다

햇볕이 화사하게 비추고 봄바람은 살랑살랑 창문 틈을 타고 들어온다. 커튼은 나풀거리고 갓 구운 달달한 빵 냄새가 매장을 꽉 채우는 상상을 한다. 실수를 해도 뭐라 할 사람 없고, 무엇이든 마음대로 할 수 있는 그런 카페를 하는 상상. 대부분 카페나 베이커리 창업을 꿈꾸는 사람들의 머릿속에 그려지는 것 중 하나다. 많은 사람들을 인터뷰하다 보면 카페 창업을 하기 위해 일을 배우고 싶다는 사람들이 갈수록 많아짐을 느낀다. 나도 처음엔 그렇게 생각했다. 힘든 부분도 많겠지만 그래도 취업하는 것보단 이 길이 나에게 더 잘 맞을 것이라고. 하지만 빵집을 운영하는 건 생각보다 많은 시간이 들었다.

빵집 문을 11시에 열기 위해선 새벽 5시부터 일어나서 빵을 만들어야 오픈 시간에 맞춰 모든 빵을 만들 수 있었다. 빵은 둘이서 만들었지만 케이크는 혼자서 만들고, 아이싱을 해야 했기에 시간이 모자랐다. 빵을 10시까지 만들고 11시 오픈을 위해 매장에 내려가서 바로 청소를 시작했다. 케이크를 자르고 빵을 포장하다 보면 11시가 됐고 조금이라도 늦잠을 자는 날엔 11시가 넘어야 끝이 났다. 그렇게 준비하다가 고객이 오면 정신은 혼비백산이 되었다. 매장에서 빵도 팔고 요리도 하다 보면 오후 8시 마감 시간이 되고, 마감 청소를 하고 늦은 저녁을 먹고, 다시 다음날 장사를 위해 재료 준비를 하고, 하루 전날 만들어서 휴지시켜야 하는 빵을 만들었다. 오후 11시에 집으로 들어와 누우면 자고 싶은 마음보다 나만을 위해 쉬는 시간이 너무 소중해서 스마트폰을 붙잡고 무거운 눈꺼풀과 씨름을 하다 잠이 들기를 반복했다. 일주일에 하루를 쉬며 그렇게 1년 반을 두 명이서 일을 했고 다행히 장사가 잘되면서 직원을 고용했다. 하지만 그 1년 반이 남긴 직업병이 심해져 병원을 자주 가야 했다. 만약 직원 고용이 어려운 상황으로 계속 매장을 유지했다면 오래 버티지 못하고 그만뒀을 것 같다.

이렇게 나의 베이커리 창업은 며칠 만에 환상이 와장창 깨졌다. 하루하루 정말 이를 악물고 버텼다. 한가하면 몸은 편했지만 마음이 힘들고, 바쁘면 마음은 행복했지만 몸은 고달팠다. 그렇게 1년 반을 일하면서 '이렇게 힘든걸 보면 좋아하는 일이 아니었나.' 의구심도 들었다. 좋아하는 일을 하는 사람들은 초인처럼 아무리 힘든 일도 즐겁게 헤쳐 나가던데 나는 왜 힘들까 하는 생각을 진지하게 했다. 스스로를 의심하면서 이 일이 정말 내가 좋아하는 일인지에 대한 고민과 내가 혹여나 실수를 한 건 아닌가 겁이 나기도 했다. 그래도 다행히 좋아하는 일이 맞았는지 그만두고 싶지는 않았다. 너무 힘들다가도 내가 만든 케이크가 맛있다며 웃으며 가게를 나서는 고객들을 볼 때마다 다시 마음을 다잡았다. 이렇게 '오늘 하루만 참자. 오늘 하루만 참으면 될 거야.' 스스로에게 최면을 걸었고 3년이 지나면서 매장이 자리를 잡았다.

아무리 좋아하는 일이라도 힘든 건 똑같고 스트레스도 받는다. 안 좋아하는 일을 하는 것보다는 덜하겠지만 영화처럼 갑자기 슈퍼맨이 되는 건 아니다. 만약 내가 다시 그때로 돌아간다면 겁먹지 말라고 꼭 말해주고 싶다. 좋아하는 일을 향한 열정이 부스터 역할을 해주지만 그렇다고 모든 문제를 해결해주진 못한다고. 하지만 그게 당연한 이치라고. 너뿐만 아니라 수많은 사람들이 같은 경험을 하고 있다고. 너무 자책하지 말고 무너지지 말고, 무너진 환상에 스스로의 선택을 의심하면 안 된다고. 대체로 환상은 깨지지만 그것 때문에 흔들리면 이도 저도 아니니 이 꽉 물고 버티라고.

사실 일을 시작하면 스스로에게도 환상이 깨지기 시작

한다. 내가 생각했던 미래의 나와 지금의 내가 너무 거리감이 있기 때문이다. 지금 나이쯤 되고 사업한 지 3~4년 차에는 조금 더 어른스럽고 대범하고 카리스마 넘칠 줄 알았지만 아직도 달라진 게 없다. 당연히 사장으로서 성장은 했지만 내 눈엔 아직도 무슨 일이 터질까 벌벌 떠는 어린 아이이다. 겉으로는 어느 정도 경험이 쌓여 침착해 보이지만 '나는 왜 이러지 못할까.' 투정을 부린다. 왜 아직 여기까지 밖에 오지 못했을까 하는 말도 안 되는 생각도 많이 한다. 타인과 비교하기도 하고 어두운 동굴에 혼자 들어갔다 나오기도 한다. 또 남들이 보는 나와 내가 보는 내가 많이 다른 걸 알기에 속으론 한숨을 쉰다. 그러다 어차피 지금 나 스스로를 받아들이지 못하면 평생 만족하지 못하는 인생을 살 것 같아 마음을 추스른다. 그리고 세상과 동떨어져 있는 나를 발견한다. 좋아하는 일을 하는 나를 상상하면서 나에 대한 로망도 생겼었는데 그 로망도 깨졌다. 그리고 지금도 그 로망을 포기하지 못했지만 사람이 바뀔 거라 생각한 내가 우습기도 하다.

좋아하는 일에 대한 로망이 와장창 깨져도 이 일을 좋

아하는 마음은 그대로라면, 스스로를 좋아하는 마음이 그 대로라면, 좋아하는 일을 계속 해도 된다는 말이 아닐까? 내가 생각한 하루하루는 아니지만, 내가 생각했던 완벽한 나는 아니지만, 좋아하는 일을 하는 데 지장이 없으니까. 이 일만의 매력이 또 있으니까.

2

감정 쓰레기통,
이유 없이
상처 주는 사람들

환경을 해치는 주범인 답이 없는 쓰레기, 그리고 사람을 해치는 주범인 감정 쓰레기. 평범해 보이는 가정에도, 파트타임을 하는 곳에도, 학교, 직장 그리고 내가 대표로 있는 곳에도 감정 쓰레기는 재활용도 안 되는 쓰레기처럼 돌고 도는 것을 볼 수 있다. 어릴 때는 눈에 보이지 않았기에 제대로 이해를 하지 못했다. 그런데 창업을 하고 나니 감정 쓰레기의 사이클을 볼 수 있었다. 감정 쓰레기는 나도 모르게 쌓일 때가 많다. 그래서 갑자기 화가 나거나 속이 뒤틀린다 싶으면, 감정 쓰레기가 너무 많이 쌓여 스스로 감당이 어렵기 때문이다. 감정 쓰레기는 왜 이렇게 차곡차곡 눈치 채기 어렵게 조용히 쌓이는걸까.

습하고 찐득한 여름엔 항상 긴장을 한다. 매장 전화기가 울리면 숨을 깊게 쉬고 최대한 상냥한 목소리로 '안녕하세요. 써니브레드입니다.'라고 응대를 시작한다. 가끔은 무척이나 흥분한 상태의 목소리가 들린다. 상대방은 왜 화가 났는지, 이게 얼마나 말이 안 되는 일인지 상처가 되는 말들을 내뱉는다. 처음엔 내가 왜 이런 화를 받아줘야 하는지 억울했다. 고객의 실수 혹은 시스템 상 오류로 문제가 불거질 때도 많았다. 당연히 내가 실수한 부분이면 고객을 탓하지 않는다. 하지만 이유의 99%는 단순한 오해나 운송업체의 실수가 대부분이었다. 서로 차분히 이야기하면 충분히 해결이 가능한 그런 문제들이었다. 나는 무더운 여름날 몇 번이고 눈물을 흘렸다. 죄송하다는 말이 그분들에겐 충분치 않았다. 환불과 보상으로 빨리 마무리해야지만 살 것 같은 내 마음을 알아주는 사람은 없었다. 30분의 통화, 1시간의 통화도 그분들에겐 충분치 않았다. 통화 후엔 채팅으로까지 화를 풀었다.

채팅을 하면서 이모티콘을 넣지 않아 싸가지 없게 말한다는 오해도 낳고, 통화로는 '왜 나한테만 이러냐고요.' 라는 말도 들었다. 얼굴도 모르는 고객에게 일부러 못된 짓을 할 거라고 생각한다는 게 당황스러웠지만 내가 할 수 있는 건 '죄송합니다.'라는 말뿐이었다. 그렇게 혼자서 CS를 하면서 첫 1년은 전화가 울릴 때마다 머리를 쥐어 뜯으면서 울먹였다. 2년 차에는 전화를 받기도 전에 짜증과 화를 느꼈다. 그리고 3년이 된 지금은 조금이나마 유연해졌다. 유연해진 이유는 무뎌졌기 때문이 아니다. 절대 감정 쓰레기에 무뎌질 사람은 없다.

내가 받는 감정 쓰레기를 혹여나 타인에게 버리지 않도록 방법을 생각해야 했다. 일단 생각하는 방식을 바꾸기로 했다. 모든 고객 응대는 진심을 담아, 그리고 통화 그 이상을 이해하는 것. 상황보다 그 이상으로 화를 내는 분들이 있으면 속으로 '얼마나 힘든 하루를 보냈으면, 얼마나 행복한 일이 없으면 감정 쓰레기를 쏟아내는 걸까.' 생각하며 나 때문이 아니라 다른 이유도 있을 거라고 생각하기 시작했다. 그리고 조금이라도 나에게 던져진 감정 쓰레기를 내가 사랑하는 사람에게 차근차근 이야기했다. 오늘은 이런 말을 들었는데 조금 상처가 된 것 같다고. 타인의 감정 쓰레기에 맞아 내 소중한 하루를 망치기엔 내 시간이 아까웠다. 그래서 운동, 수영으로 스트레스를 푸는 시간도 갖고, 고객 응대가 끝나면 내가 감사하는 것, 그리고 내 인생이 왜 행복한지 작은 것이라도 천천히 나열했다. 그렇게 내가 받은 감정 쓰레기를 타인에게 또 다시 던지는 사람이 되지 않을 수 있었다.

직장에서 끊임없이 나를 괴롭히며 감정 쓰레기를 던지는 상사가 있다면 생각해보자. 그는 얼마나 행복하지 못한 걸까? 상사의 상사에게 얼마나 깨지기에, 혹은 집에서 얼마나 스트레스를 받기에 저러는 걸까? 감정 쓰레기를 스스로 감당하지 못할 정도인 걸까? 감정 쓰레기를 남에게 던지다 보면 또 던진 사람들에게서도 감정 쓰레기를 받고, 멀어지고, 나중엔 주변에 아무도 없을 텐데 말이다. 화를 내고 감정 쓰레기를 마구잡이로 던지는 사람은 그 어떤 이유로도 이해받을 수 없다. 우리도 감정 쓰레기 때문에 똑같이 감정 쓰레기를 던지는 사람이 될 수 있다. 나도 모르게 화를 내고 짜증을 낼 때가 있다면 스스로를 돌아봐야 한다. 내가 싫어하는 그런 사람들처럼 되지 말자 다짐하며 나는 매일 고객 응대 감정 쓰레기를 처리한다.

나처럼 사업을 하는 사람은 고객 응대를 하면서 감정 쓰레기를 받고 회사원은 직장 상사에게, 몇몇은 사랑하는 가족들에게 감정 쓰레기를 받는다. 감정 쓰레기는 재활용처럼 돌고 돈다. 좋아하는 일을 하는 사람에게도 감정 쓰레기를 처리해야 하는 날은 있다. 상사에게 받은 감정 쓰레기를 나에게 푸는 남편이 있을 수도 있고, 금전적으로 힘들어서 스트레스를 감정 쓰레기로 던지는 엄마가 있을 수도 있다. 자격지심에 감정 쓰레기를 던지는 친구가 있을 수 있다. 그 사람들을 욕하며 똑같은 사람이 되지 말자. 안쓰럽게 여기며 위로해줄 수 있으면 위로해주고 이해해주자. 그리고 스스로 돌아보고 감정 쓰레기를 받는 쓰레기통이 되지 않도록 긍정적으로 그리고 휩쓸리지 않게 나를 굳건히 지키자.

감정쓰레기
분리 배출

3

조금의 실수도 용납할 수 없는 단계

처음 매장을 시작하면서 가장 정신이 없었던 날은 사업자 등록증 및 필요 서류를 발급받을 때였다. '사업자 등록증'이란 낯선 단어부터 어렵게 느껴졌고 처음 방문한 구청은 생각보다 차가운 느낌이었다. 그래도 다행히 구청 담당자 분이 방황하는 내 눈동자를 보며 안쓰러운 마음이 들었는지 잘해주셨다. 그렇게 며칠 동안 '난 아무것도 몰라요.'라는 얼굴로 구청과 집, 매장을 오가며 우왕좌왕했다. 그러다 하루는 신청한 업태 명을 기억하지 못해 당황하는 나를 보며 답답한 듯 한숨을 쉬며 다그치는 직원을 만났고, 안 그래도 긴장해 요동치는 내 속을 울렁이게 했다. '사업자 등록증을 신청하러 온 사장이 업태 명도 몰라요?'라는 식의 말과 함께 인상을 찌푸리며 쳐다봤다. 지금보다 내가 더 작아 보일 수 있을까? 하는 생각을 했나. 덕분에 나는 서류를 준비하면서 처음 듣는 단어가 나올 때마다 긴장을 했다. 사업자 등록증이 내 품에 안기기 전까지 혹시나 전화가 와서 서류가 누락되었다고 하진 않을까 걱정했다. 그런데 신기하게도 매장 문을 열기 전에는 아직까지도 구청에서 느꼈던 불안감과 긴장감을 자주 느낀다.

사업자 등록증이 나오면 마음이 편해지겠지 생각했는데 매장을 시작하면서 일이 터지고, 빵을 만들다 실수를 하게 되고, 주기적으로 긴장되는 일들이 끊임없이 터졌다. 그리고 지금도 '조금만 더 성장하면, 직원이 더 많아지면 덜 긴장되겠지.' 희망을 품고 있다. 하지만 항상 성장할 수록 더 큰 일들이 생길뿐 나아지지는 않는다. 다만 일이 손에 익고, 하도 많은 일들을 겪다 보니 그 전에 겪은 일들이 또 터져도 그러려니 하고 잘 넘긴다. 그리고 더 큰 실수를 하거나 문제가 생겨도 처음 시작할 때 느꼈던 감정을 다시 돌이켜 보며 '그때도 버텼는데 이게 뭐라고, 이번에도 할 수 있어.' 생각한다. 그리고 또 실수를 한다고 해서 그 감정을 못 이겨 낼 거란 생각도 하지 않는다. 하지만 지금도 실수를 하면 심장이 쿵하고 내려앉는다. 아마 큰 실수를 해본 사람들은 알거다. 얼마나 심장이 쫄깃해지고 정신이 몽롱해지는지. 심장이 너무 빨리 뛰어서 아무 일도 할 수가 없다.

이번 주에도 중요한 서류를 누락시키는 실수를 했다. 실수를 한 당일은 속이 상하고 불안했다. 서류 누락 하나로 이번 주에 진행했어야 하는 모든 일들이 일주일이나 지연되었다. 기대하고 기다렸던 프로젝트였고 시간이 촉박했지만 열심히 준비했는데 실수를 했다. 따지고 보면 그 누구의 실수도 아니었고 그냥 단순하게 서류가 빠진지도 몰랐다. 그렇게 허둥지둥 패닉 상태로 있다가 서류를 위해 다시 구청을 방문하면서 마음을 억지로 가라앉혔다. '어쩔 수 없어, 괜찮아. 조금 지연되면 어때. 대신 또 실수는 없는지 다시 살펴보고 준비해서 제출하자.'라고 가는 길에 스스로를 다독였다.

나는 실수를 하면 처음엔 속으로 욕을 한다. 그리고 자책한다. 하지만 쉽게 빠져나온다. 실수나 문제를 빨리 해결하는 방법은 사실 그때그때 다르다. 하지만 실수를 했을 때 나의 행동은 개선할 수 있다. 도움이 안 되는 자책이나 걱정은 빨리 떨구고 이성적인 생각과 스스로를 위로하는 방법이 가장 좋다고 생각한다. 실수를 하고 싶어서 실수를 하는 사람은 없다. 걱정을 하고 싶어서 하는 사람도 없다. 어쩔 수 없이 머리가 그렇게 굴러간다면 그냥 조금씩 걱정하는 시간을 천천히 줄여보는 것이 좋다.

4

반죽이 손을 타버렸다, 마음가짐에 대한 이야기

빵을 만드는 사람은 매장에 판매되는 케이크 레시피를 적어도 반년, 길게는 몇 년을 보며 매일 1g의 오차 없이 만든다. 나도 몇 년간 같은 빵을 매일 만들었다. 지금은 메뉴 개발과 글루텐프리 식품 연구에 매진하기에 같은 빵을 매일 만드는 일보다 매일 다른 제품을 만드는 게 더 익숙하지만, 처음 매장을 열고 몇 년간은 매일 같은 루틴으로 레시피를 만들고 또 만들었다. 매일 같은 레시피를 만들면서 배운 게 있다. 레시피는 동일하더라도 항상 달라지는 요소가 하나 있다는 것. 그건 바로 '나'다. 빵을 만드는 사람은 동일하지만 그 사람의 에너지는 매일 다르다. 그날 느끼는 감정도 매일 달라진다. 사람도 감정도 그게 무슨 상관이냐고 할 수 있다. 그리고 맞다. 빵은 대부분 똑같이 나온다. 하지만 항상 미세한 차이를 보인다. 옆 사람이 보면 어제 나온 레몬 번트 케이크나 오늘 나온 레몬 번트 케이크가 똑같다고 생각할지 몰라도 정말 기분이 좋은 날에는 빵에 좋은 에너지가 계속 묻어나서 그런지 완성된 케이크가 더 예뻐 보인다. 반대로 기분이 우울할 때는 반죽에게 화풀이를 하게 된다. 어제랑 같은 케이크지만 왜 이리 못나 보이는지, 만들 때 쏟아낸 내 감정이 보이는 것 같다. 때문에 나는 반죽이 손을 탄다는 말을 쓰게 되었다. 이 빵을 구매해서 먹는 고객들까지 빵에 담긴 내 감정을 느껴버리면 어떡하지, 하는 말도 안 되는 생각도 한 적도 있다.

레몬 번트 케이크 레시피
1
200
100
2
3
4
5
6
0
30

빵을 만드는 사람뿐만 아니라 책상에 앉아서 사무 업무를 보는 사람도 똑같지 않을까? 아무리 같은 보고서를 작성해도 기분 좋은 사람이 쓴 것과 기분이 안 좋은 사람이 쓴 결과물을 보면 누군가는 눈치를 챈다. 그리고 가장 중

레몬 번트 케이크 레시피

[재료]

아몬드 가루 280g
써니브레드 멀티 믹스 30g
비정제 수수당 50g
베이킹파우더 3g
베이킹 소다 2g
소금 1g
레몬 퓨레 40g
레몬 제스트 3g
달걀 3개

[만드는 법]

1. 오븐을 180도로 예열해주세요.
2. 가루 재료를 곱게 체에 친 후 깨끗한 볼에 담아 골고루 섞어 준비합니다.
3. 다시 깨끗한 볼에 달걀 3개를 풀어준 후 레몬 퓨레와 레몬 제스트를 넣고 잘 섞어주세요.
4. 과정3에 가루 재료를 세 번 나눠서 섞어주세요.
5. 번트 팬은 버터와 기름을 칠하고 글루텐프리 가루로 더스팅을 하고 반죽을 부어줍니다.
6. 오븐에서 30분 구워주세요.

요한 건 기분이 안 좋은 날엔 꼭 더 많은 실수를 하게 된다는 것이다. 내 감정과 빵의 연관성은 절대 없다. 기분이 나쁘다고 빵이 맛이 없어지는 건 절대 아니다. 다만 기분이 안 좋은 날 일을 할 땐 달걀 껍질도 더 많이 들어가는 것 같고, 저울도 말을 잘 안 듣는 것 같고, 오븐 소리가 잘 안 들려 빵을 태우기까지 한다. 기분이 안 좋은 날, 빵에 오롯이 집중하지 못하고 정신이 팔려 있기 때문에 실수하는 건데 이상하게 빵이 내 감정을 닮은 것 같다. 그래서 그날 만든 빵을 먹는 분들이 내 감정을 느끼진 않을까, 나 때문에 고객들도 기분이 안 좋아지면 어떡하나 걱정을 하게 된다. 나는 빵을 만드는 사람이 행복한 빵집이 맛집이라고 생각한다. 빵집 사장이 콧노래를 부르면서 만든 빵이 최고다. 기분이 좋아야 크림도 안 아끼고 듬뿍 넣게 되고 케이크 데코도 즐거워지니까.

이건 참 부끄러운 기억인데 경기도 구리의 작은 공방에 있었을 때 다른 업체와 미팅을 하게 됐다. 매일 3~4시간밖에 잠을 못 잤다는 핑계로 미팅이 너무 하기 싫었다. 피곤함에 실수란 실수는 다 하고, 같이 일하던 친구와도 말다툼을 했다. 일을 끝내고 미팅을 하러 다른 업체 직원 분들이 왔는데 나는 제대로 웃지도, 대답을 하지도 않았다. 너무 창피하고 죄송한 일인데 그 당시에는 내가 피곤하다는 것, 그리고 내 기분이 상했다는 게 더 중요했다. 그리고 그걸 그 공간에 있는 모든 사람들이 느낄 만큼 티를 냈다. 친구도 미팅 온 직원 분들도 당황한 듯했다. 미팅은 그렇게 끝났다. 그게 얼마나 부끄러운 행동이었는지 피곤함이 풀리자마자 바로 느꼈고 사과를 했다. 그 후 나는 기분이 안 좋거나, 피곤해서 에너지가 다운되면 그걸 숨기려고 노력했다. 그런데 빵처럼 숨긴다고 숨겨지는 게 아니었다. 일단 힘들고 나쁜 감정을 숨기기보단 빨리 좋은 감정으로 바꾸는 노력을 하기 시작했다. 운동선수들이 대회 전 정신과 육체 둘 다 준비시키듯 나도 빵을 만들기 전에 컨디션을 조절하기 시작했다. 운동을 하면서 체력을 키우고 잠을 잘 잘 수 있도록 노력했고, 먹는 음식도 더 건강하게 바꿨다. 최대한 집에서 좋은 재료로 요리를 하고 조금 자더라도 규칙적인 시간에 맞춰 취침하고 일어나길 반복했다. 일이 끝나면 아무리 힘들어도 운동을 하러

가거나 아침에 더 일찍 일어나 근처 공원에서 달리기를 했다. 그렇게 하루 이틀 한 달이 지나면서 체력의 여유 그리고 마음의 여유가 조금씩 생겼다.

지금은 빵을 매일 만들지는 않지만 같은 방식으로 컨디션을 조절한다. 몸이 뻐근할 땐 홈트레이닝과 턱걸이, 너무 바쁘면 매장에서 일을 하면서 아령이나 운동 밴드로 근력 운동을 한다. 잠은 무조건 10~12시 사이에 자고 7시 30분에는 무조건 기상한다. 원래는 오전 5시였지만 늦게까지 미팅을 하거나 일을 하는 날이 많아지면서 조금 더 스스로의 컨디션에 맞춰 수면 시간을 늘렸다. 그러다가도 기분이 안 좋거나 체력이 부족해 스스로가 예민하다고 느끼면 바로 해결책을 찾는다. 짧게나마 밖에 나가 걷다가 돌아오거나 달달한 케이크를 먹거나 글을 쓴다. 이렇게 조금씩 나만의 노하우가 생기면서 감정 조절이 조금 쉬워졌다. 지금은 일을 하다 보면 느낀다. 예전에 빵을 만들 땐 빵이 손을 타서 내 감정을 느꼈다면 지금은 고객, 직원, 가족들과 써니브레드 매장 전체가 느낀다. 더 무서운 건 빵은 감정이 없어서 괜찮지만 지금 주변엔 내 감정을 느끼는 소중한 사람들이 있다는 거다. 나로 인해 분위기가 싸해지기도 하고 매장이 밝아지기도 하는 것처럼, 사람이기에 좋아하는 일을 한다고 해도 매일 행복할 수 없고 하루하루 다양한 감정으로 일을 하게 된다. 좋은 결과를 내기 위해선 스스로를 잘 관리하고 보살필 줄 알아야 한다. 그날의 감정이 나비 효과로 하루를 최악의 날 혹은 최고의 날로 바꿀 수 있다.

모든 것은 손을 탄다. 나의 감정이 생각 이상으로 얼마나 큰 영향을 끼치는지 매일 기억해야 한다. 좋아하는 일이 싫어지기도 하고, 하루하루가 버티기 힘들어진다면 기분이 안 좋았던 나의 에너지가 커진 건 아닌지 돌아봐야 한다. 오늘 하루 기분 안 좋은 게 뭐가 대수라고 생각하지 말고 하루하루의 감정을 바꾸고 개선하기 위해 매일 노력해보자. 나를 위해서 그리고 나의 사랑하는 사람들을 위해서 말이다. 빵도 나의 손을 타는데 주변 사람에게는 얼마나 영향을 줄까 생각하면서 말이다.

5

무기력이
실수로 반죽에
들어가 버렸다

열심히 달리다 보면 아무리 컨디션을 잘 조절해도 무기력증 즉, 슬럼프가 1년에 한 번 혹은 그 이상 온다. 재작년엔 무더운 여름에 길게 머물다 갔고, 작년엔 겨울에 몇 개월 그리고 이번에는 드문드문 짧게 왔다 간다. 좋아하는 일을 하고 있음에도 무기력증은 온다. 무기력증이 온다고 해서 일이 싫어지는 건 아니다. 경험상 지나가면 또 다시 좋아진다.

나는 빌 게이츠가 나오는 다큐를 좋아한다. 그가 열정으로 똘똘 뭉친 사람으로 보이기 때문이다. 빌 게이츠에게는 독서가 힐링이라고 한다. 너무 힘들 땐 스트레스를 풀러 핸드폰이 터지지 않는 별장에 홀로 몇십 권의 책을 들고 몇날 며칠을 독서만 하다가 나온다고 한다. 그러니 내 기준에 빌 게이츠는 쉴 때도 하루 한 시간, 빠짐없이 '노력'하는 것처럼 보인다. 신기하게도 주변 사람들도 나에게 그런 말을 한다. 어떻게 안 쉬고 매일 열정적으로 달리냐고. 나도 스스로가 대견할 만큼 쉬지 않고 앞만 보며 달릴 때가 있지만 그러다 아무것도 안하고 쉬고 있을 때도 많다. 다만 스트레스를 풀기 위해 하는 행동이 일기 쓰기, 블로그, 소설 쓰기, 스케줄러 쓰기, 베이킹 관련 유튜브 보기, 다큐멘터리 보기, 미드 보기, 베이킹하기라서 옆에서 보면 자기계발을 하는 것처럼 보일 수 있다. 그런데 이 행동은 나에게 있어 그냥 스트레스를 풀기 위해 하는 게임, 음주, 쇼핑과 별반 다를 게 없다.

나는 무기력해지면 정말 많은 양의 글을 쓴다. 핸드폰 메모장에는 시부터 시작해 장문의 편지, 일기가 저장되어 있다. 옛날엔 피아노를 치며 노래를 부르고 말도 안 되는 작사와 작곡도 했었다. 그런데도 가끔 심한 번아웃에 불안증세가 더해지면 무기력하게 침대에 누워 영상만 하루 종일 본다. 시체처럼 멍하게 화면을 바라보기도 한다. 일을 할 때도 무표정으로 해야 할 만큼만 하고, 고객을 웃는 얼굴로 맞이하는 것도 힘들어 메뉴판 뒤에 얼굴을 숨기거나 냉장고에 기대어 가만히 서 있을 때도 있다. 한심하다는 생각이 들다가도 스스로가 무슨 감정을 느끼고 있는지도 모를 만큼 무딘 하루를 보낸다. 밥도 배달시켜 먹고 빨래도 청소도 내 일이 아닌 것처럼 방치해둔다. 그냥 시간을 멈추고 아무것도 안하고 살고 싶다는 생각을 하며 하루를 마무리한다. 이런 기간에는 죄책감도 들고 스스로가 작아지지만 무기력이 어차피 내 옆에 찰싹 붙어서 머물다 갈 민폐 손님이라면 받아들이고 잘 놀아주다 보내려고 한다.

'나만 이런 거 아닌가, 내가 이래서 성공을 못하나.' 자책을 멈추고 가수 Big Sean의 'I Don't Fuck With You'를 들어보길 추천한다. 욕이 많이 나오지만 맛깔나게 대신 욕을 시원하게 해주니 듣는 것만으로도 맑은 폭포수를 맞는 것처럼 마음이 시원해진다. 살면서 어쩔 수 없는 일과 상황들 그리고 이해 안가는 내 모습이 보일 땐 너무 힘들어 말고 빠르게 인정하자. 옛날에 유행하던 표현인 '즐'이란 말처럼 하루하루를 보내면 된다. '무기력증 즐, 날 힘들게 하는 모든 것들 즐' 너무나도 속 시원한 말이다. (요즘엔 이 말을 쓰면 사람들이 이상하게 보니까 속으로만 하자.) 너무 깊게 생각 말고 가끔은 바람처럼 흘러가듯 시간을 보내자.

우리 오빠는 우울증과 조현병을 앓고 있다. 지금은 많이 좋아졌지만 우울증이나 조현병은 완치라는 게 없어서 계속 달고 살아야 한다. 대신 나는 오빠 덕분에 많은 도움을 받는다. 오빠가 가는 정신과에 가서 상담도 받고, 약도 처방받아 무기력증이 심해져 불안증으로 변하면 골이 깊어지는 걸 바로 막을 수 있다. 오빠는 정말 심할 땐 자살을 시도하기도 했고, 죽고 싶다며 눈물을 흘리기도 했다.

사실 우울증은 우리 집안에 유전적으로 뿌리 깊게 박혀 있는 거라 억울하기도 하지만, 덕분에 많은 상황들을 보고 자라서 그런지 느껴지는 감정들을 재빨리 인정할 수 있게 된다. 그리고 힘들 땐 어떤 도움을 받아야 하는지 잘 알고 있다. 참 아이러니하지만 결과적으론 감사하다. 오빠의 우울증을 알게 된 뒤 오빠와 나는 더 가까워졌고, 이유 없는 슬픔도, 무기력함도, 불안함도 어느 정도는 자연스러워졌다.

우울증이 있다고 하면 사람들은 '너만 우울해? 나도 우울해. 세상 사람들도 다 슬플 때가 있는데 이겨내며 사는 거야.'라고 한다. 이유 없이 우울한 건데 그 자체를 나약한 사람이 하는 변명으로 본다. 그렇기에 나를 이해하는 사람이 있다는 것이 얼마나 큰 힘인지 모른다.

번아웃, 슬럼프, 우울증, 조현병, 불안감 그게 무슨 이유로 시작되었든 전혀 중요하지 않다. 다양하고도 헷갈리는 복잡한 감정들을 인정하고 무서워하기보단 받아들이고 도움을 찾는 것, 그게 우선이다. 가장 행복해 보이는 사람도, 성공한 사람도, 긍정적인 사람도 예외는 없다. 예고

없이 갑자기 다가오는 복잡한 감정들을 자연스레 받아들이자.

친구들과 수다를 떨고, 밥을 먹으며 어린 아이처럼 웃다가 친구들이 다 돌아간 후 집에 돌아와 언제 웃었냐는 듯 무표정인 나와 눈이 마주치고, 시끌시끌하던 주변이 너무나 고요해 가슴이 먹먹해질 때도 있다. 아무것도 하기 싫은 시간도, 눈물이 뚝뚝 떨어지는 날도, 속이 울렁거리는 날들도 있다. 좋아하는 일을 하며 행복하다고 하던 내가 갑자기 낯설어지기도 하고, 다시 열정이 생길까 겁이 나기도 한다. 걱정한다고 걱정이 줄지 않는 것처럼 다른 감정들도 마찬가지다. 아니 감정이라고 부르기엔 너무 질척이는 그런 진한 감정들. 그럴 땐 그냥 하루하루를 재미없는 책의 페이지를 넘기듯 넘겨버리자. 자책하지 말고 혼자라고 생각 말고 너무 비교하지 말자. 무기력이 반죽에 들어가 버렸다고 해도 빵은 빵이니까.

6

나,
잘하고
있는 거겠지?

써니브레드라는 작은 매장을 열기 전부터 많은 기대를 했다. 써니브레드가 나를 더 멋지고 높은 곳으로 데려다 줄 것만 같다는 생각이 계속 들었다.

개인 사업자에서 법인이 될 때 법무사가 말했다. '법인은 이제 사장의 사업장이 아닌, 사람과 같은 개인의 인격체를 갖게 되는 거예요. 아무리 대표라도 함부로 할 수 없다는 거죠.' 나는 법무사의 말을 듣기 전부터 써니브레드를 가게나 건물이라고 보지 않고 인격체라고 느낀 것 같다. 아직 미혼이고 출산 경험이 없어서 100%는 모르지만 아이를 키우는 것과 같다는 생각이 든다. 내가 키우고 이끈다고 내 마음대로 이끌 수 있는 게 아니라는 걸 느꼈다. 그냥 건강하게 잘 자라주기를 바라다가도 욕심을 내는 날이 있고, 가끔 속을 썩여 눈물을 훔치기도 한다. 어떻게 키워야 잘 키우는 건지 참견하는 사람들도 많아진다. '부모가 처음이라.'는 말처럼 '나도 사장은 처음이라.' 매일이 어렵다. 하지만 하루하루가 어려워지는 만큼 그 인격체가 나에게 드문드문 안겨다 주는 행복과 희열은 말로 설명하기 힘들만큼 짜릿하다.

큰 실수를 했을 땐 내가 아니라 더 좋은 사람이 대표였으면 써니브레드가 더 잘되진 않았을까, 미안한 마음을 가진다. 하루는 일이 너무 잘 풀려서 자신감이 하늘을 찌르다가도 또 한 순간 바닥을 치는 일이 허다하다. 그리고 육아와 동일하게 체력전이다. 마음과 정신, 육체가 힘들지만 어쩔 수 없다. 내가 탄생시킨 인격체를 책임을 져야 할 의무가 있고 제2의 '나'라고 생각할 만큼 떼려야 뗄 수가 없는 존재가 되었다. 포기는 선택지에 없다. 그냥 무조건 버티는 거다. 불안해도 힘들어도 일단 버텨본다. 그러다 보면 신기하게 도움을 주는 사람들 혹은 생각지도 못한 선물을 받게 된다.

2019년 초 열심히 써니브레드 제품의 납품을 기획하고 준비하고 있었다. 다양한 서류 준비부터 영양 성분, 패키지 디자인, 공장에 필요한 많은 것들을 준비했는데 갑자기 공장 대표님이 사고를 당해 깨어나질 못하고 계시다는 연락을 받았다. 사람의 생사가 왔다 갔다 한다는 말을 듣고 덜컥 겁이 났다. '공장을 하지 말라는 뜻인가? 내가 이 일을 한다고 해서 사고가 난 건 아닐까? 무슨 일이라도 생기면 어떡하지.' 생각하며 조마조마한 마음이었다. 공장 스케줄부터 제품 생산 스케줄까지 정해놓고 거래처와 계약까지 진행했는데 기한 없는 지연을 해야 했다. 사람이 우선이니 공장에는 걱정하지 말라고 일러두고 내가 할 수 있는 일들을 했다. 거래처에 전화해 상황을 설명하고 이해를 구했다. 디자인과 포장 등도 잠시 보류시켰다.

3개월 안에 진행하려던 일이 밀리고 그 안에 투자를 했던 돈을 회수를 하지 못해 재정이 좋지 못했고, 매일 시간을 맞추려 미친 듯이 일했던 시간들이 조금은 허무하게 느껴졌다. 내가 너무 서두른 건가, 욕심을 과하게 낸 건 아닌가 의심도 했다. 그러다 6월 6일 생일날 생일 파티를 하고 집에 돌아와 한숨 자고 일어났더니, 매장에 도둑이 들었다. 아침에 매장에 처음 들어갔을 땐 사실 도둑이 든지 몰랐다. 생일 파티가 끝나고 오빠와 여자 친구가 매장에 와 그날 남은 케이크를 먹고 뒷정리를 안했나 싶었다. 오후 1시까지 청소를 하고 가게를 보다가 현금으로 계산을 한 고객 덕분에 처음으로 돈통을 열었는데, 지폐가 한 장도 없었다. 섬뜩한 느낌에 바로 도둑이 들었구나 생각했다. 직원들과 모여 CCTV를 보았다. 오전 12시에 비를 피하기 위해 매장 앞 테라스에 있던 남자가 몸을 문에 기대더니 문이 열리는 것을 확인하고 매장에 들어왔다. 그 남자는 처음엔 돈통을 보지도 않고 매대 위에 남아 있는

SUNNY
BREAD

폐기해야 했던 빵을 한 움큼 집어 테라스 앞에서 소주와 먹었다. 다시 들어와 빵을 가져가고 세 번째엔 조각 케이크 세 개를 들고 나가 먹었다. 그 후 돈통에 있는 돈을 주머니에 넣고 나갔다. 총 4시간 동안 빵 8인분을 먹고 돈을 훔쳐가는 모습을 보며 무서운 것도 잠시, 다들 웃음이 터졌다. 돈통에는 돈이 얼마 없었고 어차피 버릴 빵, 그래도 맛있게 먹는 모습에 화가 풀려버렸다. 이 웃긴 영상을 편집해서 인스타그램에 올렸다. 내가 올린 포스팅은 입소문이 났고 모든 미디어와 방송국에서 인터뷰와 촬영 요청이 들어왔다. 이것을 계기로 매출은 평균 매출에서 3배가 뛰었고 가장 바쁜 달을 보낼 수 있었다.

써니브레드를 하면서 나쁜 상사 없이 일을 하고 가끔 좋아하던 연예인도 보면서 인생이 참 신기하다 생각했는데 이번 일로 '써니브레드 덕분에'라는 말을 더 자주하게 되었다. '이러다 망하는 거 아니야?'를 버티면 '이러다 나 부자 되는 거 아니야?'라고 말하게 되는 시간도 온다. 내 감정보다 기복이 심한 게 사업이라는 것을 느끼는 중이다.

CHAPTER 4

오븐에 구워줍니다

S U N N Y B R E A D

1

망하지는 않을까
걱정이 들어요

빵을 오븐에 넣고 난 후에는 기다리는 것 말고는 할 수 있는 게 없다. 기다리는 게 얼마나 가슴 졸이는 일인지 잘 알고 있다. 내가 가장 싫어하는 시간은 결과를 기다리는 시간. 어릴 땐 그림 그리기 대회에서 상을 받을 어린이를 부를 때가 가장 긴장되었고, 고등학교 졸업 후엔 대학교 입학 합격자 공지를 기다리며 가슴을 졸였다. 원서를 넣은 다섯 곳의 학교 중 (다 떨어지고) 마지막 대학교를 열어볼 땐 울먹였다. 다행히 마지막 한 곳은 나를 받아주었다. 써니브레드를 하면서도 긴 기다림이 많이 찾아왔다. 장사를 준비하면서 장사가 잘될까에 대한 기다림, 첫 판매한 제품에 대한 리뷰를 보기 전 기다림, 장사가 안 될 때 이런저런 노력을 하며 좋아질 때까지의 기다림, 사업 계획서를 발표한 후 입점 계약 소식을 위한 기다림, 법적으로 문제가 생겨 변호사의 전화를 기다리는 등 피를 말리는 기다림이 줄을 이었다. 내가 할 수 있는 건 노력을 하고 결과를 기다리는 것뿐이었다. 이런 기다림이 1년, 2년, 3년이 되면서 나는 불안증을 갖게 되었다. 정신과에서는 일이라는 명확한 이유가 있는 불안함이기에 문제가 되는 건 아니라고 했다. 가끔은 눈물로 베개를 적시며 내일이 오지 않았으면 좋겠다는 생각도 했다. 그렇게 하루하루를 버티며 끝날 것 같지 않던 터널을 매일 조금씩 온 힘을 다해 걷고 걸으며 빛이 보이기를, 끝이 보이기를 기다렸다.

결국 끝은 온다. 오븐 앞에 서서 빵이 나오기를 기다릴 땐 1분이라는 짧은 시간도 정말 길게 느껴진다. 하지만 오븐을 초조하게 지켜본다고 빵이 더 잘 구워지는 것은 아니다. 걱정한다고 빵이 더 맛있게 구워지는 것도 절대 아니다. 그렇다고 걱정을 아예 거두는 것은 불가능하다. 걱정이나 불안감을 없애는 방법도 모른다. 다만 버티는 방법은 안다.

인생이라는 오븐 앞에서 불안하고 걱정이 장대비처럼 머리를 어지럽힌다는 건 세상이 퍼붓는 저주도 아니며, 하고 있는 일을 그만두라는 계시도 아니다. 더불어 이 일에 적합하지 못하거나 부족하다는 말 또한 절대 아니다. 만약 걱정과 불안감에 오븐을 끄고 빵 만드는 것을 포기하겠다면 그건 어리석은 일인 것 같다. 요즘 나는 힘든 일이 생길 때면 하늘에 감사하기로 했다. 나를 알아봐 주고 성장할 수 있는 기회를 줘서 감사하다고. 이렇게 해도 불안감은 그대로지만 고통을 즐기게 된다. 나중에 성공해서 인터뷰를 할 때 나도 재미있는 이야기를 많이 할 수 있겠구나 생각하며 하루하루를 버틴다. 그렇게 버티다 보면

정말이지 어느 순간 긴 여정이 끝나고 눈물이 날 만큼 크고 재미있는 일들이 나에게 선물처럼 다가온다.

얼마 전까지 시련의 시련을 이어달리기 하듯이 지나 보냈다. 변호사, 노무사가 필요한 아찔하고 심장이 떨어질 것만 같았던 순간도, 핸드폰이 5분마다 울릴 정도로 문제가 계속 생겨 모두를 애타게 했던 계약들과 프로젝트들까지. 반년 간 단 하루의 휴가도 휴식도 없이 매일을 일하며 지냈다. 여행은커녕 하루 만이라도 핸드폰이 울리는 소리가 날 힘들게 하지 않기를 바랐다. 핸드폰이 울릴 때마다 식은땀이 났다. 이번에 또 무슨 일이 터진 걸까 걱정을 하면서 전화기를 들었다. 반년이 지나고 봄이 되자 하나씩 엉킨 실타래가 풀리듯 하나씩 문제들이 해결됐다. 시간만이 해결하는 것들이 정말 많았다. 기다리는 것이 현명한 시기였다. 그렇게 불안하고 겁이 났던 마음도 언제 그랬냐는 듯 단단해졌다.

그리고 나만의 노하우 세 가지를 얻게 되었다. 첫 번째, 불안함은 정신 건강뿐만 아니라 육체 건강도 해친다. 그러니 행복할 때 즐거울 때 운동을 열심히 해놓아야 더 잘

버틸 수 있다. 불안하면 운동은커녕 먹는 것도 제대로 할 수 없다. 두 번째, 불안하다고 오븐 앞에 서 있어봐야 될 일도 안 된다. 조금 남은 체력이라도 지키려면 일주일에 적어도 이틀은 쉬는 게 좋다. 현실적으로 어렵기에 적어도 이틀 정도 휴가를 내고 일하는 곳에서 멀리 떨어져라. 저렴한 모텔이라도 상관없으니 아무것도 없는 곳으로 멀리 떨어져 있는 게 심적으로 좋다. 불안할수록 이상하게 일에 더 매달리게 된다. 세 번째, 너무 불안하면 밥을 먹다가 멈춘다. 이럴 땐 소화가 안 되서 음식 섭취가 어렵다. 그럴 땐 스무디나 샐러드 수프를 추천한다. 불안하다고 안 먹기 시작하면 남은 체력까지 갉아먹고 더 불안해진다. 꼭 아침, 점심, 저녁을 더 챙겨먹자. 만약 못 먹겠다면 영양제라도 챙겨먹자. 이렇게 하루하루를 보내다 보면 느리지만 시간이 간다. 그렇게 가다 보면 오븐에서 빵이 나오는 것을 볼 수 있다. 그리고 그 다음 만들 빵은 더 맛있게 만들 기회를 갖게 되고 오븐 앞에서 기다리는 것도 익숙해진다.

2

궁정 파워,
긍정적인 마음을 지키려는
나의 노력들

살면서 '너 정말 착하구나.' 소리를 끊임없이 들었다. 착한 아이 증후군이 있는 건지는 모르겠지만 나는 타인의 감정을 조금 투머치하게 공감하는 사람이다. 슬픈 영화는 절대 금지고, 그나마 덜 슬프다는 영화를 봐도 눈물 바다일 때가 많다. 〈어벤져스: 엔드

게임〉에서 아이언맨이 죽었을 때 통곡을 했고, 스파이더맨이 아이언맨 없는 세상에서 슬퍼하는 모습을 떠올리며 감정이 다시 살아나 집에 오면서도 울었다. 이 정도면 병인가도 싶다. 그래서 일상 생활을 할 땐 최대한 감정 노동을 최소화시키려고 한다. 하지만 부끄럽게도 개인적인 상황을 설명하다가 직원을 부둥켜안고 운적도 많다. 가끔 과하게 이해하고 배려하려고 하는 나의 모습을 보고 '가식적이고 착한 척 하는 X'라고 하는 사람도 있다. 내가 하는 말들이 항상 너무 가식적이라며 착한 척 그만하라는 말을 듣고 스스로를 의심했다. '나도 원래는 화가 나면 참지 않는 성격은 아닐까? 그런 내 진심을 계속 억누르는 건가?' 말이다.

사람들은 내게 어떻게 그렇게 사느냐고 물어본다. 어떤 사람들은 부잣집에서 귀하게 큰 아이라고 착각하기도 하고 또 누구는 사랑만 받고 자랐다고 생각한다. 금수저는 절대 아니지만 경제적으로는 부족해도 항상 믿어주신 부모님 덕분에 긍정적인 게 아닐까 싶다. 그래서 살면서 만난 대부분의 사람들은 나를 좋아해줬다. 당연히 모든 사람들이 그렇진 않았다. 긍정적인 모습을 싫어하는 사람을 가끔 마주친다. 나의 미소, 칭찬, 긍정적인 행동들이 그 사람들에는 참을 수 없는 화가 되었다. 어린 시절 긍정적이고 착한 의도를 싫어했던 사람과 성인이 되어 다시 만났다. 어릴 때는 매번 그 사람을 용서했다. 그런데 성인이 되서 만난 그 사람은 처음엔 변한 것 같았지만 두 번 세 번 만나다 보니 옛날 모습 그대로였다. 예전처럼 나에게 말도 안 되는 상처를 계속 줬다.

일을 하면서도 정말 많은 사람을 만나게 된다. 좋은 사람, 나쁜 사람, 그냥 스쳐지나가는 사람 등 다양한 사람을 만난다. 가끔은 나의 좋은 의도를 꼬아서 보는 사람을 만나기도 하고, 나를 이용하려는 나쁜 사람도 만나게 된다. 긍정적인 마음과 사람에 대한 신뢰 그리고 착한 의도가 짓밟히기도 하고 찢기기도 한다. 하지만 그렇다고 나쁜 사람들처럼 불행한 사람이 될 순 없다. 밟힐수록 나만의 중심을 지켜야 한다.

나는 진심이 짓밟힐 때면 나를 잘 아는 사람들 곁으로 간다. 위로를 받고 또 한 번 중심을 잡고 돌아온다. 지속

적으로 나를 오해하는 사람들은 인생에서 아웃시켜버린다. 어릴 땐 참고 이해하려고 했지만 지금은 나의 소중한 인생과 시간이 너무나도 아깝다는 걸 알았다. 그리고 사람은 잘 바뀌지 않는다는 것도. 좋은 사람들 그리고 소중한 인연으로 하루하루를 채우며 보내기도 아까운 인생에 나를 오해하고 밟기 위해 안간힘을 쓰는 사람들은 없어도 된다. 나의 행복한 모습, 웃는 얼굴을 가장 증오하는 사람들에게 웃어줄 이유가 없다.

일을 하며 신심이 짓밟힐 때 '혹시 내가 정말 가식적이고 거짓된 사람인가?' 생각하며 끌려 다니면 안 된다. 오해는 항상 생기고 좋은 사람들과는 오해가 바로 풀어지기 마련이다. 일을 할 때도 '내가 진심을 다해도 알아주는 사람이 없는데 나도 그만할래.' 포기하고 싶어질 때가 있다. 아무리 진심을 다해도 제대로 봐주지 않는 고객이나 직원 혹은 업체가 생길 수 있다. 상처도 받고 마음도 많이 흔들린다. 하지만 옛날처럼 소중한 시간을 낭비하지는 않을 거다. 더 큰 일을, 더 멋진 일을 할 나의 여정에 함께할 사람은 내가 정한다.

3

망해도 정말 괜찮다.
또 만들면 되니까

처음 글루텐프리 베이킹을 시작하면서 많이 울었다. 정말 맛있게 만든 빵의 재료 그램 수를 적어 놓지 않아 허탈함에 울었고, 잠시 딴생각하다가 빵을 태워버려서 울었고, 비싼 재료로 손을 떨며 빵을 만들었는데 결과물이 빵 같지 않아서 울었다. 너무 예민하게 반응하는 거 아니냐고 할 수 있지만 빵을 만들고 레시피를 개발하는 건 많은 정성과 시간이 들어가는 일이다. 빵을 만들 땐 하나라도 실수하면 안 되기에 촉을 곤두세우고 있다. 가끔 딴생각을 하다가 달걀을 세 알 넣었는지 네 알 넣었는지 까먹을 때도 있다. 바보같이 달걀 껍질이 수북한 휴지통에 달걀 껍질을 넣어 몇 알을 넣었는지 확인이 어려울 땐 피가 거꾸로 솟는다. 그래도 그렇게 하나 둘 바보 같은 실수를 하다 보면 노하우가 생긴다. 그리고 다행인 건 아무리 망해도 나에겐 소중한 빵이라 그런지 꽤 먹을 만하다. 당연히 버리는 것도 선택지 중 하나지만 열심히 만든 케이크는 절대 그냥 버릴 수 없다. 한입이라도 무조건 베어 문다. 이때는 잘 나온 빵도 '이게 빵이냐, 맛이 없다.'는 소리를 들을 때였지만 나에겐 너무나도 맛있는 빵이었다. 좋아하는 일을 할 땐 일이 잘 풀리지 않아도 즐거움이 쉽게 사라지는 것 같지는 않다.

사실 써니브레드를 만나기 전에 가졌던 꿈은 케이크로 따지면 망한 케이크였다. 더 이상 그 케이크는 굽고 싶지 않을 정도로 싫어졌고, 내 마음처럼 케이크도 새까맣게

타 있었다. 그래도 케이크를 굽기 위해 노력했던 날들을 생각하니 너무 아까워서 입에 넣었다. 쓰고 맛은 없었지만 그래도 입에 털어 넣었다. 내 입에는 괜찮았다. 하지만 이내 눈물이 왈칵 쏟아졌다. 벌거벗은 채로 황량한 사막에 남겨진 느낌이 들었다. 쓸모없는 사람이 아닌가 스스로를 파고들었고 스스로를 보잘 것 없는 신세라고 생각했다. 아무리 옆에서 위로하고 칭찬을 해줘도 진심으로 들리지 않았다.

그렇게 하루 종일 모든 일에 무기력하게 대응하며 하루하루를 지냈다. 그런데 시간이 지나면서 불안해졌다. 나는 이제 무엇을 하며 살아야 하나, 무엇을 해야 돈을 벌고 밥을 먹을 수 있을까. 이러다 정말 나를 받아주는 곳이 없으면 어떡하지. 걱정이 들었다. 그래서 교내 아르바이트, 방과 후 족발 집 서빙, 주말에는 대학교 프로그램 조교로 일을 했다. 그렇게 돈을 벌어야 마음이 놓였다. 소홀이한 공부도 다시 시작했다. 바쁘게 지내야만 이루지 못한 꿈을 잡기 위해 보낸 시간들을 조금이라도 따라잡을 수 있을 거라 생각했다. 학기가 끝나고 통장에는 돈이 넉넉히

들어 있었다. 성적표에는 전 과목 A가 적혀 있는 걸 확인하고는 안도의 숨을 내쉬었다.

다음 꿈을 다시 꾸기 전까지 오랜 기간 생각할 시간이 필요했다. 그냥 바로 글루텐프리 베이킹의 꿈이 생긴 것이 아니다. 불안함과 답답함을 지나야 했고 스스로에 대한 의심과 자책도 이겨내야 했다. 바쁘게 할 수 있는 일을 모조리 경험한 후에야 다음 꿈을 정할 수 있었다. 덕분에 꿈이 없다는 이유로 아무것도 안하고 무슨 일이라도 일어나기를 바라면서 기다리는 행동이 가장 어리석다고 생각한다. 여러 도전을 거치다 보면 내가 못하는 일들이 항상 나를 반긴다. 그러다 또 한 번 '너는 이것도 못하니?'라고 말한다. 갑자기 작아지면서 내가 잘 하고 있는 건가, 하는 의구심이 솟구친다. 내가 이 일을 잘할 수 있는 사람인가? 다른 사람이 했으면 더 잘 했을 텐데, 하고 말이다. 그럴 땐 쓰리지만 어쩔 수 없다. 입에 털어 넣고 음미하고 넘어가는 방법뿐이다.

사람이 뭐든 다 잘할 수 없는 것처럼 딱 하나만 잘하란 법도 없다. 좋아하는 일이 바뀌지 않으리란 법도 없다. 평

생을 살아도 잘 모를 스스로에게 여유를 갖고 기다려주는 것이 필요하다. 나이가 먹으면 먹을수록 심장이 쫄깃해질 정도로 걱정이 생기고 조바심이 들겠지만 어쩔 수 없다. 우리 모두에게는 다음 레시피를 준비할 시간이 필요하다. 전에 먹은 케이크의 쓴 맛이 가실 때까지만 기다려보자.

망해도 괜찮다. 케이크는 또 만들면 되니까.

4

성공한 케이크는 나눠 먹기

창업을 시작하면서 내 꿈과 계획을 아무도 모르길 바랐다. 아무도 몰라야 중간에 혹여 망하더라도 창피하지 않고 아무 일 없었던 것처럼 다시 또 슬금슬금 일어날 수 있을 것만 같았다. 실패를 또 한다고 해도 아무렇지 않다. 마음이야 아프겠지만 그거야 누구든 경험할 수 있는 일이고 난 나를 믿으니까. 다만 가족들을 실망시키거나 친구들에게 위로의 대상이 되거나 누군가의 조롱거리가 되고 싶지 않을 뿐이다. 어느 순간 내 주변 사람들을 위해 절대로 망하지 말자, 아무리 힘들어도 버텨보자는 생각을 했다. 만약 내가 주변에 아무도 없는 외톨이였다면 홧김에 이 일을 그만뒀을 수도 있다. 하지만 나를 보면서 자랑스러워하는 부모님, 수업 때마다 나에 대해서 말씀해주시는 교수님, 내 친구라서 뿌듯하다는 친구들. 우리 가게가 뉴스에 나온 그 가게라며 이야기하는 직원들까지. 그 많고 큰 기대와 응원을 무슨 일이 있어도 지키고 싶었다. 그리고 내 자신도 실망시키고 싶지 않았다. 어느새 나는 나를 위한 거라고 착각하며 나를 제외한 모든 사람들이 좋아하고 인정할 행동과 선택을 하고 있었다.

타인을 행복하게 하는 것은 항상 보람찬 일이며 가치 있는 일이다. 하지만 나는 오로지 타인의 인정을 받기 위해 또 기준을 맞춰야 한다는 생각으로 가득했기에 방황을 했다. 써니브레드와 내가 성장하는 여정 중간 쯤 마음의 소리에서 멀어졌다. 매장에서는 오로지 고객을 위해서 이랬다저랬다 결정을 내렸다. 주방에서는 직원들의 기분을 살피고 눈치를 보았다. 조금이라도 부족하고 불편한 부분이 보이면 미안한 마음을 감출 수 없었다. 다음 스텝도 내가 중심이 아닌 고객, 직원, 가족, 친구들 위주로 결정을 했다. 좋은 결정 방법일 수도 있지만 스스로의 의견은 없었다.

내가 좋아서 하는 일이 어느 순간 스스로를 잃게 만들었다는 생각이 들었다. 그래서 나 자신에게 질문했다. '내가 지금 하고 있는 일이, 내일 죽는다고 해도 하고 싶은 일인가?' 이 질문에 내 대답은 '그렇다.'였다. 그리고 또 물었다. '내가 이 일을 좋아하는 이유가 뭐지? 내가 사업을 키우고 싶은 이유는 뭐지?'

나는 내가 이 일을 왜 하는지 알고 있다. 이 공간이 나를 필요로 하고 순수한 노력으로 지금까지 사업을 이끌어 왔다는 것 때문이다. 그리고 작고 부족하게만 느껴졌던 내가, 누군가에게 필요한 사람이 될 수 있다는 희망을 만들어준 공간이었기 때문이다. 써니브레드가 고맙게도 나를 선택해줬고, 고객들이 나의 빵을 선택해줬기 때문이다.

나의 노력은 값지지만 다른 사람들도 많은 노력을 한다. 하지만 아쉽게도 모두가 노력한 만큼의 결실을 얻지는 못한다. 내가 버티고 노력한 것은 잘한 일이지만 나를 여기까지 이끌어준 것은 나와 내 주변의 모든 것이다. 나를 필요로 하고 내가 필요한 이 공간과 사람들을 위해 해야 할 일은 그들을 위해 결정하는 것이 아니라, 중심을 잃지 않고 스스로에게 집중하는 거라고 생각한다. 모든 사람들이 원하는 것 또한 써니브레드라는 사업이 아니라 써니브레드라는 빵집의 믿을 수 있는 사람이 만드는 식품이 아닐까.

5

빵을 맛있게 먹는 방법

맛있는 음식을 먹는 방법에는 모두가 아는 법칙이 있다. 음식이 가장 맛있는 타이밍을 놓치지 않는 것. 한식은 갓 차렸을 때 수저를 들어야 하는 것처럼 말이다. 빵은 각기 다르지만 식빵이나 크루아상은 갓 나온 아이들이 맛있고, 파운드나 케이크는 식은 후 적당한 온도에서 먹는 것이 맛있다. 아무리 맛있는 음식이라도 가장 맛있는 시기를 놓치면 아쉬워지기 마련이다. 모든 일에는 가장 좋은 시기가 정해져 있다. 철없이 굴기 좋은, 무모한 도전을 하기 좋은, 풋풋하고 순순한 사랑을 하기 좋은 시기. 하지만 우리는 가끔 이런 시기를 바보 같은 이유로 놓칠 때가 있다. 이런 시기가 영원할 거라고, 젊음이 우리를 기다려줄 거란 큰 착각을 한다.

대학교 1학년 때까지는 무슨 일을 하던 날씬해진 후 하는 것이 맞다고 생각했다. 새 옷을 사고, 예쁜 옷을 입는 것부터 먹고 싶은 음식을 허용하는 일까지. 누군가와 만나고, 연애를 하고 꿈을 향해 달려가는 것도. 마르고 날씬해야만 세상이 나를 제대로 봐줄 것 같았다. 그렇게 이것저것 미루다 보니 내 인생도 소중한 젊음도 함께 미룰 수 있을 거라 생각했다. 하지만 미뤄진 건 나 자신뿐이었다. 기회는 기다려주지 않았다. 나는 내가 가장 빛날 수 있는 시간을 하루하루 낭비하고 있었다. 맛있게 먹으라고 나에게 건네준 따끈따끈한 청춘이라는 크루아상을 나중에 먹겠다며 매일 킵해놨다. 하루하루 쌓여가던 크루아상은 서서히 차갑게 말라 비틀어져갔다. 나중에 정신을 차리고 먹으려고 보니 크루아상 하나에 곰팡이가 피기 시작해 곁에 있던 신선하게 구워진 크루아상까지 먹을 수 없었다. 눈물을 머금으며 크루아상들을 모두 버렸다. 더 늦기 전에 매일 맛있을 때 크루아상을 먹기 시작했다. 그래서 23살부터 젊음을 아끼지 않고 가장 빛이 날 수 있도록 살았던 것 같다.

그렇게 살다 보니 꿈을 이루기 위해 빵을 만드는 시간에 살이 빠지기는커녕 더 쪘다. 사랑하는 사람을 만나서 사랑을 받으면서도 쪘다. 하지만 살이 찐 것과 상관없이 그 순간이 가장 빛났고 소중한 시간이었다. 거울에 비친 내 모습이 아름답고 사랑스러웠다. 다이어트를 시작하면서 무려 5년 동안 항상 달고 다녔던 운동 강박증, 칼로리 강박증, 오랜 시간 나를 괴롭혔던 폭식증과 생리 불순도 완치되었다. 나는 이 시간에 많은 꿈을 꾸고, 꿈을 이루고 또 다음 꿈을 꾸었다. 나의 젊음을 아낌없이 내가 더 좋아하고 열정을 느끼는 것에 쏟아 부었다.

더 이상 내 시간, 젊음, 꿈, 사랑을 체중이나 다른 어리석은 문제 때문에 포기하고 미루는 일은 절대 없을 것이다.

나는 아름다운 사람들을 좋아한다. 비록 가끔 질투도 나지만 예전처럼 굳이 따라하려고 노력하지 않는다. 내가 우긴다고 부유한 집안의 자녀가 될 수 없듯이 아름다움을 억지로 만들 수 없다. 몸매를 가꾸는 것과 피부를 가꾸는 것도 중요하지만 유일한 무기가 되지 않기를 바란다. 그것 없이도 빛나는 사람이 된 다음 욕심을 내보아도 늦지 않을 것 같다. 그저 나의 열정과 멋있는 마인드를 잃지 않고 장전하고 있으면 된다.

6

더 좋아하고 더 잘하는 것을 찾기 위한 노력

베이킹을 시작하고 레시피를 연구하면서 항상 아쉽다고 생각하는 것 중 하나는 레시피 아이디어다. 주기적으로 아이디어가 생각이 나면 스케줄도 딱 맞고 좋을 텐데. 베이킹도 예술처럼 아이디어와 영감을 갖고 하는 일이라서 가끔 집필자 장애writer's block를 겪게 된다. 작가에게 폐색이 오면 무언가를 만들고 싶어도 만들 수가 없다. 반대로 아이디어가 한 번씩 석유가 땅에서 솟듯이 폭주할 때가 있다. 그럴 땐 하루 이틀, 일주일을 다 써도 모자라다. 그런 아이디어는 머릿속에서 희미해지기 전에 레시피 노트를 꺼내 그림도 그리고 레시피도 써가며 최대한 모든 것을 옮겨 적는다. 항상 기계처럼 하나씩 생각나면 좋으련만 대부분 가뭄이거나 소나기이거나 둘 중 하나다.

레시피가 머리 위로 쏟아질 때면 사실 걱정이 없다. 시간 분배만 잘하면 되니까. 은근히 체력이 있어야 오랜 베이킹 시간을 집중하며 버틸 수 있어서 연구 전에는 충분히 쉬는 게 좋다. 하지만 아이디어가 가뭄이 나고 단비가 언제 올지 도통 모를 때, 그럴 땐 초조해진다. 잠시 지나가는 시간임을 알면서도 혹여 나에게 더 이상 맛있는 레시피나 신박한 아이디어가 떠오르지 않으면 어떡하나 고민하며 레시피 영상, 베이킹 책을 열심히 파고든다. 다음 레시피를 기다리는 시간은 초조함과 긴박함이 항상 맴돈다. 생각해보면 그럴 필요가 전혀 없는데 말이다. 가만히 기다려서도 안 되지만 그렇다고 서두르거나 발을 동동 구를 필요도 없다. 나는 매년 아이디어의 가뭄과 단비를 겪으며 사람의 인생이 자연과 닮았다는 걸 알게 되었다.

옛날 옛적 가뭄이 들면 신이 노하셨다며 제물을 바치고 제사를 지내거나 다양한 풍습으로 비를 내려달라며 빌고 또 빌었다. 하지만 빌고 빈다고 안 오던 비가 오고, 오던 비가 멈추는 것도 아니다. 자연도 그렇지만 사람 사는 인생도 그렇다. 돈이 갑자기 한 번에 빠져나가는 시기가 있고, 갑자기 인기가 많아지는 날도 있고, 잘 먹던 사람이 입맛이 뚝 떨어질 때도 있다. 그리고 열정이 넘치던 사람이 무기력해질 때도 있다. 결혼까지 할 것 같았던 커플이 헤어지기도 하고, 누구보다 믿었던 사람이 사기를 치기도 하며, 독신주의를 외치던 친구가 결혼하고 싶다고 소개팅을 시켜달라고도 한다. 갑작스럽게 사람이 바뀌기도 하고 환경이 바뀌기도 한다.

좋아하는 일도 그렇다. 강아지를 데려오면 집에서 나가서 살라고 외치던 아빠가 누구보다도 강아지를 사랑하게 되는 것과 같다. 우리는 그런 인생을 살고 있다. 오늘까지도 하고 싶은 것 좋아하는 것 잘하는 것이 하나도 없을 수 있다.

나는 단 한 번도 어른이 되서 식품 회사 대표가 될 거란 생각을 한 적이 없다. 미국에 살다가 갑자기 한국행을 택할 거란 것도 상상하지 못했다. 내가 좋아하는 일을 하게 된 계기도 갑작스런 열정이 생겼을 때 빠르게 실행에 옮겼을 뿐이다. 꿈이 또 생길까? 내가 좋아하는 일이 언젠가 또 생길까? 초조해하며 이리저리 방황하다가 어느 순간 서서히 마음이 뜨거워지는 일이 생긴다. '누구는 젊은 나이에 꿈을 이뤘다던데, 누군 열심히 시간 투자해서 시험에 통과했다던데.' 등 다들 계획이 있구나, 나만 없구나 자책하기도 한다. 작은 계기, 큰 계기와 상관없이 인생에서 우연처럼 마주한 상황이나 사람을 통해 마음에 스파크가 튀고 극적으로 시각, 신념, 꿈이 바뀐다. 신기하게도 레시피에 대한 영감이 번개처럼 머리를 치는 것처럼 우리를 실천하게 하는 동기는 다 그렇다.

작은 공방에서 빵을 만들다가 갑자기 손님들을 만나고 싶다는 꿈이 생겼고, 그렇게 일주일 만에 이태원 매장으로 이사를 준비했다. 6월에 이사를 계획해 3개월 후인 9월에 이사를 하고 10월에 정식 오픈을 했다. 그리고 매장에서 일을 하며 평생 살겠다고 말하던 내가 어느 순간 더 많은 사람들에게 도움이 되는 사람이 되고 싶다는 마음으로 불타올랐다. 4개월 만에 법인 등록, 소셜벤처 인증을 받고 확장할 공간의 계약서까지 도장을 찍었다. 나는 이렇게 급하게 변하는 사람이다. 그런데 내 주위 사람들을 관찰해도 그렇다.

나는 써니브레드 안에서 호수에서 강으로 또 강이 바다로 흘러가는 작업을 하고 있다. 바다를 만나지 못할 수도 있고, 아니면 정말 깊고 멋진 바다를 만날 수도 있다. 그냥 계속 달리는 중이다. 그러다 바다가 된 후 열정이 서서히 식어 바다가 강으로, 강이 호수로 그리고 호수가 말라 다시 가뭄이 올 수 있다. 그러면 다시 인생을 즐기고 여유를 즐기며 단비를 기다릴 것이다. 언젠간 올 단비를 또 바다로 만들어야지. 호수에서는 물고기를 잡고, 강에서는 수영을 하고, 바다에서는 물속 깊이 들어가 잠수를 해야지 상상하며 말이다.

나도 내 다음 열정과 꿈이 무엇이 될지 상상조차 어렵다. 참 재미있는 게 역사도 돌고 나도 돌고 인생은 항상 패턴이 비슷한데도 매번 예측을 전혀 할 수 없다는 것이다.

주식도 100년마다 기회가 한 번씩 온다던데 말이다. 100년에 한 번 오는 건 알지만 언제 무엇이 터질지는 아무도 모른다는 것. 이게 우리네 인생이 아닐까? 내일 갑자기 어떤 생각을 할지 예상할 수가 없는데 1년 후는 어떻게 예상할 수 있을까. 만약 우리가 스스로를 믿고 힘들더라도 매일 한 걸음씩 내딛다 보면 단비가 내리고, 호수를 따라가다 보면 강이 있고, 또 따라가다 보면 바다를 만나게 될 거다. 나는 평생 이렇게 살다 죽을 거라며 낙심하지 말자. 포기하면 단비가 내려도 호수를 만날 수 없으니까.

Epilogue

이 책을 쓴 시간은 글을 쓰기 좋아하고 작가가 꿈이기도 했던 저에게는 잊지 못할 추억이자 쉼터가 되어줬어요.《밀가루는 못 먹지만, 빵집을 하고 있습니다》를 1년에 걸쳐 쓰면서 사실 상상도 못한 일들이 너무나도 많았어요. 좋은 일을 말하자면 유튜브 공식 사이트에 제가 주인공인 영상이 나가기도 했고, 회사가 법인 및 사회적 기업이 되었고, 확장 이전도 하고, 소중한 인연을 만나 좋은 뜻을 함께하게 되었어요. 반대로 나쁜 일들도 있었죠. 몇 년을 준비하던 프로젝트가 어이없게 타인의 의해 무산되기도 했고, 믿었던 사람에게 뒤통수도 맞아 보고요, 변호사를 고용해야 하나 고민하게 만든 이런저런 문제가 많았어요.

좋은 일은 저를 웃고 들뜨게 만들었고 힘든 일은 악몽, 불안, 몸살로 괴롭히기도 했죠. 좋아하는 일을 하는 사람이 쓴 책인데, 이 책을 쓰는 1년 동안 정말 좋아하는 일을 하는 사람의 삶이 맞나 싶을 정도로 거대하고 끝이 없어 보이는 롤러코스터를 탔어요. 책을 쓰면서 한 챕터는 행복한 마음으로 써 내려갔고, 또 한 챕터는 불안감에 울렁이는 마음을 잡고 써 내려갔죠. 그런데 어느새 그런 날을 하루하루 이겨내고 버텨내니 에필로그를 쓰고 있네요.

마지막으로 이 책을 읽은 많은 분들이 가슴이 뛰는 열정 넘치는 일에 도전할 수 있길 바라요. 내일 죽어도 억울하지 않을 일을 하면서 말이죠. 좋아하는 일에 뛰어든다는 것부터가 큰 용기라고 생각해요. 제가 자주 하는 말인데, 직업을 고를 때 사회에서 지정해준 목록에서만 찾아야 한다는 생각을 버리길 바라요. 내가 하고자 하는 일이 사회에 없다면 스스로 시작하면 됩니다. 세상에 스스로 개척하지 못할 일이 무엇이 있을까요?

써니브레드의 써니

송성례 드림

부록

써니브레드 글루텐프리 레시피

S U N N Y B R E A D

개인적으로 즐겨 먹는 다섯 가지 글루텐프리 레시피를 정리해 봤어요. 빵이나 요리로 힘을 얻고 싶을 때 만들어보세요. 계량은 스푼과 티스푼을, 컵은 종이컵이나 계량컵을 사용해주세요.

1

글루텐프리 머그컵 초코 케이크

대학시절 글루텐프리 디저트가 먹고 싶을 때 아침마다 자주 해 먹던 '머그컵 초코 케이크 레시피'를 소개할게요. 오븐이 필요 없는 레시피라서 자취생들에게 안성맞춤이죠. 케이크가 따뜻할 때 피넛 버터를 올려 살짝 녹여 먹으면 맛이 일품이에요! 집에 있는 숟가락으로 계량해서 만들어도 진하고 맛있는 케이크가 완성되니 걱정 말고 도전해보세요.

[재료]

달걀 1개
우유 1스푼
설탕 3스푼
코코넛오일 혹은 식용유 1스푼
바닐라 엑스트랙 1티스푼 (생략 가능)
백미 가루 4스푼
무설탕 코코아가루 1스푼
시나몬 가루 1/2티스푼 (생략 가능)
베이킹파우더 1/2티스푼
베이킹 소다 1/4티스푼
소금 1/4티스푼
초코칩 적당량

TIP 전자레인지용 머그컵을 준비해주세요. 330ml 용량이거나 더 큰 사이즈의 컵이 필요합니다.

[만드는 법]

1 머그컵에 달걀을 넣어 풀어주세요.

2 우유, 설탕, 코코넛오일, 바닐라 익스트랙을 넣고 섞어줍니다.

3 백미 가루, 코코아 가루, 시나몬 가루, 베이킹파우더, 베이킹 소다, 소금을 넣어주세요. 포크나 미니 거품기로 가루를 잘 풀어 반죽해주세요.

4 마지막으로 초코칩을 넣고 가볍게 섞어준 뒤 전자레인지(1000kw 기준)에서 1~1분 30초 정도 구워주세요.

TIP 전자레인지 마다 구워지는 정도가 다를 수 있으니 1분을 굽고, 완성 상태에 따라 30초 추가해주세요.

2

글루텐프리 비건 초콜릿 스무디 볼

여름이면 가장 많이 먹는 디저트예요. 아이스크림보다 훨씬 건강하고 저렴한 가격으로 만들 수 있어요. 밥 먹기 힘든 날을 버티기 위해 소화가 어려워도 먹는 유일한 음식이랍니다. 최근에 가장 좋아했던 조합을 알려드릴게요!

[재료]

바나나 3개
블루베리(냉동) 2컵
무설탕 코코아 가루 2스푼
아몬드 밀크 1~2컵
카카오닙스 1스푼
치아씨드 1/2스푼

[만드는 법]

1 바나나 2개는 먹기 좋은 크기로 슬라이스한 후 냉동해주세요.
2 냉동한 바나나와 냉동 블루베리 1컵, 코코아 가루, 아몬드 밀크 1컵을 믹서기에 넣고 갈아주세요.
3 믹서기가 계속 멈춘다면 나머지 아몬드 밀크 1컵을 조금씩 추가해주세요.
TIP 꾸덕할수록 아이스크림 같은 느낌이나 더 맛있어요.
4 꾸덕한 스무디를 보울에 담아준 뒤 남은 바나나 1개를 슬라이스하여 토핑하고 카카오닙스와 치아씨드를 올려줍니다.
TIP 그래놀라나 견과류를 추가로 토핑해도 맛있어요.

3

글루텐프리 저탄수화물 구운 야채 샌드위치

겉은 바삭하고 안은 폭신한 글루텐프리 저탄수화물 빵에 디종 머스터드를 바르고 양상추, 토마토와 구운 야채를 얹어 먹는 샌드위치는 써니브레드에서 인기 많던 식사 메뉴예요. 날씨가 좋은 휴일에 브런치로 만들어 먹어도 좋은 레시피이기도 하고요. 집에 있는 야채를 사용해 야채 섭취가 너무 적다 싶은 분은 꼭 만들어보세요.

[재료]

글루텐프리 저탄수화물 샌드위치 빵

달걀 2개

아몬드 가루 60g

베이킹파우더 3g

소금 1g

구운 야채

파프리카 1/4개

애호박 1/4개

양송이버섯 2개

발사믹 식초 1스푼

소금 한꼬집

후추 한꼬집

바질 가루 한꼬집

소스

디종 머스터드 적당량

샌드위치 토핑

양상추 적당량

토마토 적당량

[만드는 법]

1 오븐은 180도로 예열해주세요.

2 깨끗한 볼에 달걀을 풀어준 후 아몬드 가루, 베이킹파우더, 소금을 넣고 거품기로 잘 반죽해주세요.

3 네모난 베이킹 팬을 버터나 식용유로 코팅하고 과정2의 반죽을 넣어 15분간 구워주세요.

4 빵이 구워지는 동안 야채를 길게 슬라이스하여 준비해주세요.

5 프라이팬을 강불로 달궈 준 후 식용유를 두르고 준비된 야채를 구워주세요.

6 야채가 반쯤 익으면 발사믹 식초를 넣고 소금, 후추로 간을 해주세요.
TIP 야채는 아삭하게 익혀주세요.

7 빵이 익으면 오븐에 꺼내 충분히 식혀주세요.

8 식은 빵은 가로로 반 나눠 두 쪽으로 만들어주세요.

9 빵 안쪽에 디종 머스터드나 일반 머스터드를 발라주고 양상추와 토마토 슬라이스를 올립니다.

10 그 위에 구운 야채를 올리고 바질 가루를 뿌려주세요.

4

글루텐프리 저탄수화물 가지 라자냐

치즈가 쭉 늘어나는 미국 소울푸드인 라자냐를 더 가볍게 저탄수화물로 즐겨볼 수 있는 레시피예요. 밀가루로 만들어진 라자냐 면 대신 가지를 얇게 슬라이스해 대체하는 거죠. (저는 피자가 먹고 싶을 때도 가지를 자주 사용해요.) 면을 가지로 대체하면 별로일 것 같지만 가지와 토마토소스는 평생 함께해야 할 소울메이트랍니다.

[재료]

가지 2~3개(팬 사이즈에 따라 조절)

토마토소스

올리브유 3스푼
양파 반개
마늘 4개
소고기 다짐육 300g
소금 2티스푼
후추 1/2티스푼
이탈리안 시즈닝 1스푼
토마토 1캔
토마토 페이스트 5스푼

토핑

모차렐라 치즈 2컵
파마잔 치즈 1컵
리코타 치즈 2컵

[만드는 법]

1. 가지를 깨끗이 씻어준 후 넓고 얇게 슬라이스하여 준비해주세요.
2. 양파는 잘게 다지고, 마늘은 곱게 다져주세요.
3. 프라이팬에 올리브유를 두르고 중불로 달궈 준 후 소고기 다짐육을 익혀주세요.
4. 고기가 익으면 양파와 마늘을 넣고 함께 익혀주세요.
5. 소금과 후추, 이탈리안 시즈닝을 넣고 조금 더 익혀준 뒤 토마토 캔과 토마토 페이스트를 넣어주세요.
6. 약불에서 30분 정도 천천히 끓여서 졸여줍니다.
7. 넓은 오븐 팬을 준비해주세요. 유리로 된 캐서롤 용기가 가장 좋습니다.
8. 팬에 소스→치즈→가지→소스→치즈→가지→소스→치즈 순으로 레이어 해주며 차곡차곡 끝까지 채워주세요.
9. 200도로 예열한 오븐에서 45분간 구워줍니다.

5

글루텐프리 누텔라 피넛버터 쿠키

가루 재료가 없을 때 만들 수 있는 디저트 레시피를 소개할게요. 집에 아무것도 없지만 피넛버터와 누텔라가 있다면? 피넛버터와 누텔라가 아니더라도 꾸덕하고 크리미한 잼으로 만들 수 있는 레시피랍니다. 로투스 쿠키 스프레드나 쿠앤크 스프레드로 대체 가능하고요. 아몬드 밀크랑 먹으면 정말 맛있어요.

[재료]

피넛버터 1/2컵
누텔라 1/2컵
달걀 1개
설탕 1/4컵
소금 한꼬집

[만드는 법]

1 피넛버터와 누텔라를 잘 섞어주세요.
2 과정1의 반죽에 달걀, 설탕, 소금을 넣고 골고루 섞어주세요.
3 반죽을 동그랗게 반죽하여 베이킹 팬에 올려주세요.
4 포크로 사선을 그리며 반죽을 살짝살짝 눌러주세요.
5 180도 오븐에서 8분간 구워주세요.

밀가루는 못 먹지만,
빵집을 하고 있습니다

1판 1쇄 인쇄 2020년 10월 7일
1판 1쇄 발행 2020년 10월 20일

지은이 송성례

발행인 양원석 **편집장** 차선화
디자인 이은혜, 김미선 **일러스트** 봉지(@annyang_day)
영업마케팅 양정길, 강효경, 김보미

펴낸 곳 ㈜알에이치코리아
주소 서울시 금천구 가산디지털2로 53, 20층(가산동, 한라시그마밸리)
편집문의 02-6443-8861 **도서문의** 02-6443-8800
홈페이지 http://rhk.co.kr
등록 2004년 1월 15일 제2-3726호

ISBN 978-89-255-9813-0 (03810)

GLUTEN FREE
MILK

GLUTEN FREE
MILK